お色気釣随筆

色は匂えど釣りぬるを

朕茂短竿
Chinmo Tankan

幻冬舎MC

お色気釣随筆

色は匂えど釣りぬるを

目次

第一章　注射にしますか、お薬にしますか？

第二章　釣りもアレも人間は新奇好き

第三章　女はそれを我慢できない!?

第四章　よき友とよき釣りをする

第一章

注射にしますか、お薬にしますか？

ドクター朕茂ちゃん誕生秘話

兵庫県の西部から山口県にかけて、中国山脈が走っている。山脈と言っても高いところでせいぜい千メートルほどのなだらかな山の連なりで、近年は中国山地という言葉の方がよく使われている。オイラはその中腹にある海抜五〇〇メートルほどの高原の盆地で育った。

そこは米作のほか、葉タバコやコンニャクイモなどを栽培していたが、冬になると雪が三〇センチも積もり、山仕事の他には道路工事などの土方仕事しかない寒村だった。

盆地の長径は五キロ余り、幅は五百メートルほどで細長く、その真ん中を一本の川が流れていた。

盆地を取り巻く山々は低く、谷々の奥にはため池があった。

真ん中を流れる川を土地の人は大川と呼んだが、川幅は広いところでも八メートル足らずで、地図で見ると、岡山県の倉敷市に流れ込む高梁川の支流、小田川の上流に位置していた。

オイラはこの川で釣りを覚えた。多分小学校二年生の頃だったと思うが、定かでない。

六人兄弟の末っ子だったオイラは、両親が仕事で忙しいため、ほとんど祖母に育てられた。

当時七〇代半ばを過ぎていた祖母は、五〇歳の頃「そこひ（緑内障）」を患い視力を失っていたが、二〇年以上の全盲生活で、大抵のことは自分でできる賢い人だった。

オイラが学校から帰ると、縫い糸に針を五本通させた。遊びに行っている間に、針五本分の縫物をするためだ。

布の大きさを手で触ると着物のどこの部分か分かるらしく、母が洗い張りした布で着物をきちんと縫い上げていた。そればかりか、台所仕事は無論のこと、美味しい散らし寿司まで作る器用な人だった。

海辺で生まれた祖母は、魚がめっぽう好きだった。昭和二〇年代の後半で、魚を十分に買って食える経済状態ではなかったから、「魚を釣って来い」と言ってはオイラに小銭をくれた。釣った魚は煮魚にし、自分一人で食べていた。一〇センチか一五センチの野ブナから、ハヤ、アブラハヤ等、他の者は誰も手を付けない川魚を喜んで食べていたのである。

それから三年後の初夏、大雨が降り、増水した大川の曲淵《まがりぶち》で、オイラが三〇センチ余りの鯉《こい》を釣って来た。祖母はその頃患《わずら》っていて、母が作った「鯉こく」（鯉の味噌汁）の汁だけを少し飲んだ。

それから五日後の朝、夜を徹して母と共に看病していた姉から「昨夜おばあさんが亡くなった」と聞かされた。オイラが小学五年生の六月のことだった。

実はその後も中学二年生の頃まで釣りをしたはずなのに、あまり覚えていない。祖母のように魚を待っていてくれる者がいなくなると、釣りをする意欲が減退したのかも知れぬ。

実家にいたのは中学までで、高校、大学は下宿生活、仕事に就いたのは大阪だったから、この間一〇年余り、釣りをすっかり忘れていたのである。

結婚したのは三〇歳だった。不思議なことに、結婚と同時に釣りを思い出したのである。

妻が魚好きだったことを幸いに、以来女房から「釣り未亡人です」と言われながらも、それに懲《こ》りず、ある時は仕事上の接待と言い、男の付き合いと言い訳し、釣り師の女房になった宿命を諭《さと》し、様々に妻の機嫌を取り、かくの如く女房に気を遣い過ぎて、近年ハゲが進んでしまった、等と愚痴ったりしながら今日に至っている。

では釣りを覚える前の幼少期はどうしていたのか。

オイラの一番古い記憶は、昭和二〇年の夏から始まる。

広島市へ原爆が投下されたのが八月六日。

その二日後の八月八日、広島県の東部にある福山市が空襲に遭ったのだ。

その夜、南の山上が真っ赤に染まり、それを父の背中で見た記憶がある。

三歳と五カ月だった。

次の記憶は同じ年の秋、わずか一五歳で予科練に行った次兄は、特攻隊に志願するも飛び立つ飛行機がなくて生き残り、無事帰還した。リュックから飯盒《はんごう》や乾パンを出しながら、台所の隅で母も兄も嬉し涙にくれていた。

側にいて母の涙を見てべそをかいたら、兄にあやされ、いよいよ大泣きをしたのを覚えている。

昭和二二、三年、オイラが四、五歳の頃、田舎が一番賑《にぎ》やかだった。近所に一杯子どもがいた。疎開《そかい》していた子も含めて、赤ん坊から青年まで、県道を挟んだ小さな集落に沢山の子どもがいた。学校は満杯で増築し、赤ん坊の泣き声が家々から聞こえ、物干し竿にはおしめがはためいていた。

近所に二歳年上の女の子がいた、カズちゃんである。その子が、ままごと遊びのリーダーだった。他にオイラと同年の女の子が四人、男はカズちゃんの弟ヨシカズとオイラの二人だった。

オイラはお父さん役で、「朝ご飯ですよー」。その次は「お父さんは会社へ行ってください」納屋《なや》の方へ行っていると、「夕方になったから、お父さん帰ってください」晩御飯の後は、「子どもはここ、お父さんとお母さんはこちら」とリーダーの指図で筵《むしろ》の上に寝転がった。「お父さんはお母さんに手枕をしなさい」と、全ておしゃまなカズちゃんの言う通り。

無論お医者さんごっこもした。

オイラが院長先生、婦長のカズちゃんが「お次の方——」と呼ぶ。

脈を取ったり、胸を開かせ、トントン。

「横になってお腹を出しなさい」と婦長さん。

朕茂センセイは、おへその上を撫でて、キュー[redacted]ーさんの割れ目に、チョコンと青い数珠玉の実を挟んだのである。

「注射にしますか、お薬にしますか？」

「おくすり」と言われると、化粧水の空き瓶に入れた水を、上からパッパッと振りかけた。

患者は「キャッ」と飛び上がったが、朕茂センセイは動ずることなく、この治療法を続けたのである。

万一「注射」と言われても、当時まだほんの「小粒のラッキョ」ほどであったから、レディたちのご要望には応えられなかった。そんな訳でドクター朕茂は、まことに品行方正なセンセイだったのである。

終いには、婦長さんまで診察を申し出たから、院長先生というものは昔から多忙だったのであるナ。

ところで、オイラが敬愛する今は亡き文豪安部譲二は、幼少の頃、南天の実を割れ目に挟んだと、その著書に書いておられる。

かわいいキュー●ーさんの白い丘には断然赤が似合う。

青い数珠玉の実はお日様の光を反射してきらきらと光るのだが、学識不足のせいか、赤い南天の実は思いつかなかったのである。

無念！　二刀流でやぶ蚊に敗れたり

自慢するのではないが、オイラはチョット「あわて者」である。釣りに行く時、忘れ物をする。持参する必需品は決まっているから、きちんと用意しているのに、車に積み忘れるのだ。

四国・足摺へ二泊の予定で釣行した時、財布を持たないで出掛けてしまった。金は無論、カードまで財布の中だからお手上げだった。この時は釣友から借りて凌げたが、二泊三日の釣りをするのに、着替えのパンツを忘れて大騒ぎをしたこともある。

磯靴《いそぐつ》を忘れた時には困った。友達から借りる訳にいかない。誰でも自分用しか持っていないからだ。磯の岩は海草が生えて滑る。磯靴を履《は》かないと釣りどころではない。転倒したら大怪我に繋《つな》がる。流石《さすが》にこの時は慌てた。

気が付いた時にはもう宇和島を過ぎていて、宿毛市《すくもし》の釣具屋で磯靴を買うしかなかった。

国道添いの古い釣具屋を見つけ飛び込んだが、メーカー品は三万円以上もする。滑り止めソールを固着した量販品を見つけたが、値札が付いていない。店主と思しきオヤジに「磯靴を忘れて来た、これいくら?」と聞いたら、「それはお困りでしょう、七千円にしてあげます」と好意的だ。感謝感激、礼を言って購入した。

二日の釣りを無事終えて帰り道、宇和島まで帰って、魚を冷やす氷の注ぎ足しのため、釣具屋に立ち寄った。

七千円で買った磯靴が、何と三九八〇円の値札を付けて棚にある。

釣友が気付いて、「朕茂チャン、二足買えるよ」

オイラはすっかり不機嫌になった。

一週間ほどして、岡山市で安いと人気の「釣り具屋」に行ったら、同じものが、二九八〇円で売られていた。

「……」

それ以来「磯靴を買う時には朕茂に聞け」と言われ、釣りクラブでは「磯靴コメンテーター」という重要な役職名を頂き、職務遂行《しょくむすいこう》に邁進《まいしん》しておるところである。

オイラには「白さん」という釣友がおる。

彼はオイラより一〇歳も若く、釣りも上手い。特筆すべきは力持ちである。

確か四月頃だった。四国・宇和島へグレ釣りに行った。夜、時間を持て余し、近くの堤防でメバルを狙うことにした。まだ肌寒く、夜だから防寒具を着ていた。ところがオイラ一人が暑く感じたのかどうか分からぬが、一人海に飛び込んだのである。

彼が言うには、堤防から足を踏み外し、「ドボーン」と転落したそうである。

無論近くにいた彼が、引き上げてくれた。

正確には、オイラの首根っこを後ろから掴み、堤防の上へ「ポン」と乱暴に放り投げたのである。

それから、車のヘッドライトの前に立たせ、嫌がるボクを裸にし、トンガラシほどにして震えているのを車の中のボロに包み、釣り宿に持って帰ったのだ。

釣宿では連絡を受けていた釣友の「コバちゃん」が風呂を沸《わ》かし、待っていてくれた。

コバちゃんと白さんはまるで赤子のおしめを代える時のように優しかったが、不思議なことに、二人とも人生で最も嬉しく楽しい時間を迎えたようにはしゃいでいた。


諸君！　夜間水泳で身体が冷えた後は風呂に限るゾ！

こういう時もなんだ、オイラはまあ、主役と言うか、常にエンターテイナーだったのである。


メバルの夜釣りをしていてこんなこともあった。

釣りには、「釣れる時間」と「釣れない時間」がある。釣れる時間を、時合《じあい》、と言うが、それがいつ来るのか分からない。だから釣り師は、「今か？」「今か？」と気をもみながら、その到来時期を気を抜かないで待っている。

真っ暗で穏やかな初夏の夜だった。絶好のメバル日よりの夜である。

出掛ける時に麦茶を多めに飲み、釣り場の夕食時にビールを飲んだのも響いて下腹が満タンだ。先ほどから小用をと思いながら、なかなかきっかけが掴《つか》めない。もう一投、もう一投と我慢しながら、続けていたが、遂に限界に達し、立ちションと相成《あいな》った。

「釣り師は」こんな時、釣りをしながらの「ながらション」をやる。道糸を多めに出して、場所を二、三歩、移動し、左に竿を持ち、右手の親指と人差し指でズボンの中の短竿を取り出し、首を左に捻《ひね》って電気ウキを見ながらの二刀流の「ながらション」である。

その時、電気ウキがスーッと消し込んだ。立ションしながら左手だけで合わせると、グッと手許に重量感が伝わる、ここが釣りのいいところ「大谷翔平もどきの二刀流」、竿をゆっくりと立てる。早く浮かせて寄せないと、メバルは海草に絡んだり、岩の下に潜《もぐ》ったりする。

股ぐらの短竿を持つ右手指を離しリールを巻く。

いいねー、この感じ！

何とも言えぬ釣りのだいご味！

その時、ズボンから出したままのチンコの先が「チクーッ」

「メバル」が先か「チクーッ」が先か？　瞬時に蛇口《じゃぐち》だけは止め、そのままメバルは引き上げた。

ヘッドライトを「チクーッ」の先に当てると、「やぶ蚊《か》」が止まっている。

武士の魂に「やぶ蚊メ」が、……許せぬ！

上から「ハッシ」と握りつぶす。

手のひらに黒いやぶ蚊と血がべっとりとついた。

「全く油断《ゆだん》も隙《すき》もない！」

釣り師のスキを突くとは卑怯な奴！

オイラは日頃より、釣り師は剣客《けんかく》だと思っておる。故に一投、一投に集中しておるのだ。

巌流《がんりゅう》・佐々木小次郎は自ら「物干し竿」と称した長刀を自在に操《あやつ》ったが、今宵吾輩は、宮本武蔵宜しく二刀流に挑戦したところ、無念にも「やぶ蚊メ」に一敗い、いい、血にまみれたのである。

武士は「肉を切らして骨を切る」

オイラは多少の血を供して、蚊の命を召したのである。

「共に死するを以て心となす、勝ちはその中にあり、必死即ち生くる也」

映画『武士の一分』三村新之丞を体感したのであった。


刺されたところが、三～四日も痒《かゆ》かった。

レディと話している時に限って痒くなる。

無論そんな時に、掻く訳にはいかん。

片目を上げたり、鼻の穴を広げたり、口の端をつっぱったりして耐えた。

「アラ、どうかなさいまして？　……オホホホ」

「ご案じめさるな、何ほどのことも御座らん」

『やぶ蚊』はイカンぞ、隙を見せると、剣客に対し、命がけで掛かって来よる。

毒魚に珍味あり、オコゼ、ゴンズイ、フグ、アイゴ

オイラが大阪の地銀にいる頃、得意先に三〇人ほどの機械メーカーがあった。社長の甥が専務で、総務に小太りの西尾がいた。三人は誘い合わせてよく釣りに行った。

その日三重県・尾鷲湾でチヌの夜釣りをしていた。港からちょっと出たところにスズメとか軍艦と呼ばれる人気の磯がある。過去にも大釣りの実績があり、三人は意気込んでいた。

夜の九時近く、オイラと専務で何とか四〇センチ程のチヌを三匹仕留めたが、その夜はどうも不漁の兆候《ちょうこう》だった。それでも何カ所かのポイントを交代しながら釣りを続けていたところ、

突然！「ウギャー」か「ウアー」か、悲鳴が聞こえた。西尾の声だ。大魚を掛けて、応援を頼む声ではない。

「どーした」専務が振り向いて怒鳴る。

「ファー」と返事が弱々しい。

ヘッドライトを点け、岩を越えて行く専務が見える。オイラも竿を置き、おっとり刀で向かった。

西尾が磯の上で芋虫のように腰を曲げて俯《うつむ》き、尻を押さえている。

「西尾！　……どうした？」

「ヒー、ヒターイ、尻が！」

「ケツか？」

「ファ〜イ」

「ケツのどこや」

「穴の辺でフ〜、ムー……」

「そこの岩の上へ座ったら！　ズコーと、ファーッ、ヒターイ」

「出してみい、見なきゃ分からんゾ」ズボンを下ろしてケツをまくる。

ケツの穴をヘッドライトで照らす、闇夜に白く丸い尻の真ん中に、すぼめた穴が見える、皺《しわ》のある一点に赤い血の色が見えた。

西尾が指さした岩の隅に、赤いものが……よく見ると六センチほどの「ヒメオコゼ」だ。

小さなオコゼが目玉ひん剥《む》き、背びれを立ててつぶれている。

ヒメオコゼの背びれには強い毒があるのだ。

西尾はその上に座り、背びれがズボンを突き抜けて、ケツの穴に命中したことが分かった。

敏感なアナ付近にオコゼの背びれが刺さっては堪らん。

オイラは経験がないが、オコゼに指を刺された人を見たことがある。大の男が痛さで四時間ほども悶絶《もんぜつ》していた。

西尾が今いる場所は、先ほどまで、専務が釣っていたところだ。夏場、釣果の悪い時に限って「ヒメオコゼ」が釣れる。専務はソレを釣り、後ろの海へ放り投げたが、岩山を越えず、岩壁に当たって、手前に転がり落ちていたのだろう。

知らない西尾がオコゼの真上に座ったに違いない。

潰《つぶ》れたソレを専務にちらりと見せたら、大目を開けて頷《うなず》いた。

西尾があまりに痛がるので、ケツの穴にオロナ●ンを塗って上からばんそうこうを貼《は》り付けた。冷やりとして気持ちよかったのか、しばらく大人しくしていたが、再び痛がり出す。同じところにじっとしていないのだ。そこら中を歩き回る、聞けば痛くてじっとしていられないという。

「それほど痛いか？」

「ヒターイ、ヒターイ」

湿布を持っているのを思い出した。

ばんそうこうを剥《は》がして、半分に切った湿布を尻溝に沿って貼り付けた。面倒だから溝の両側にも一枚ずつ貼った。

「西尾！　しばらく、屁《へ》こいたらアカンゾ、剥《は》がれるからナ」

「フア〜イ」よほど痛いのだろう、素直な返事だ。

湿布を貼ったケツのまま、彼は比較的平らな岩場に横たわったり、立ったり、座ったり、動き回ったり。結局西尾はその夜、釣りはできなかったのである。

後日、西尾から直に聞いた話。

「ケツの穴に刺さったんやで、痛いなんてもんじゃないヨ……」

「オレ半身不随になると真剣に思ったんやから……」

オイラをにらみつけて話す西尾の目は据わっていた。

「この痛さは絶対に刑罰にするべきだ」
「泥棒には指の先に、詐欺師には唇へ」
「婦女暴行にはナニの先へ、恐喝には唇とケツに……アノ毒は絶対効く、間違いない」

そう言い切った、彼の話には、迫真の響きがあった。
西尾の話を聞くまでもなく、尻の穴は超敏感帯なのである。

実はオイラも尻の穴では人に言えない経験があるゾ。
まだ三〇代の頃だった、磯で滑り落ちて、岩角で股ぐらをしたたかに強打した。
眼前は真っ白、息もできない状態だった。正直タマタマが潰れたと思った。
それでも十分余りで立ち上がり、我慢して釣りをした（釣りキチなのである）。
帰り道に立ち寄ったトイレで薄い血尿が出た。
翌朝痛さがまだ残っているので、近所の泌尿器科に行った。

「バンドを緩めて、うつ伏せになってください」
カーテンを引いて、看護師がズボンを下げる。医師が入って来た。
腹の下に枕を入れ、尻を持ち上げさせ、尻の穴をムニュムニュムニュ、
ワセリンのような物を肛門に塗っている。
「力を抜いてください」と言うや否や、
「クニュ～ッ、ズボッ」とドクターが指でコーモンの奥をまさぐる。
「アレ～ッ、ウ、ウ、ウフン……」と、そんな感じだったかもしれぬ。
「異常なし」を聞いて慌てて病院を飛び出たが、直ぐ異常に気が付いた。
つま先立って、小股で、チョコチョコチョコチョコ。
なんと！　内股に歩いているのだ。
「キャアー」　オイラが内股で歩いている！
以来、泌尿器科には行かぬ。
あんなことを毎回やられては！　癖になる。

毒魚と言えば、先ず「ふぐ」だが、こいつは食べなければ毒に当たることはない。

したがって、釣り場で遭遇《そうぐう》する毒魚は、ヒメオコゼの他、オニオコゼ、ゴンズイ、アイゴである。

ゴンズイに刺された人を二人見た。一人は和歌山県・白浜の筏《いかだ》の上だった。釣り上げた時、逃げられまいとして、上から強く握ったのである。ゴンズイに刺されることを知らなかったのだ。彼は真《ま》っ蒼《さお》になって、通りがかりの漁師の船に助けられ、救急車で病院に行った。体質的に弱かったので、手当てが遅れると死ぬところだったと後で聞いた。

もう一人は境港の堤防の夜釣りだった。久しぶりの釣りで、その人は缶ビールを四、五本も飲みいい機嫌だったが、たまたま釣れたゴンズイを握ってしまったのだ。酒の酔いはすっかり消え、帰りの車の中でも痛がっていたが、救急車で行くほどのことはなかった。しかし翌日病院に行ったものの、肩から手先が腫《は》れあがり、全快には一週間近くもかかったのだ。ゴンズイは怖いのである。

ところでゴンズイの甘味噌煮は美味しい。腹も出さないで、そのまま甘味噌煮にする。頭を咥《くわ》えて吸い込むと、身ごと口の中にズルズルと入って来て、口いっぱいにとろけるような旨味が広がる。

南紀和歌山の釣り宿で食った「ゴンズイの甘味噌煮」は本当に美味しかった。

ゴンズイの経験はないが、オイラもアイゴに刺されたことがある。

三重県紀伊長島の磯・イナフネに釣友といた。三五センチほどのグレが入れ食いだった。グレの合間にアイゴが釣れた。こいつを外す時に刺されたのだ。全く不用意だった。魚がはね、ズボーと指先を刺された、瞬間体中に猛烈な痛さが来た。刺された指先が痛いという生易《なまやさ》しいものではない。つま先から頭のてっぺんまで痛い。とにかく立っていられない。釣場は釣れ盛っているのに、竿が持てないのだ、この痛さは口では説明ができない。それほど痛い。

刺された指先を咬んだり、抓《つね》ったり、叩いたり。

毒を中和できないかと、たばこのヤニを付けたり、はたまた小便を掛けたり、思い付くことを全てやったが、効果はなかった。

痛い、痛いを何とか凌ぎ、四時間も経過した頃、それまでのことがまるで嘘だったかのように跡形もなくケロッと治ったのも不思議だった（先日、刺された魚の目玉の液を患部に塗ると鎮痛剤になると聞いているが、まだ試していない）。

二〇センチほどのアイゴは刺身が旨い。

背開きにして塩水に漬け、一夜干しにするとこれもいい。とかく毒魚は美味しいものだ。

せめて付けたや、あそこにギプス

実は、先週の月曜日以来、足首にギプスを付けておる。

なに、大したことはないのだが、全く不便だ。石膏で固めたギプスは結構重い。風呂、着替えは言うに及ばず、極め付きはギプスの中が蒸れて痒《かゆ》い。全くこいつは掻きようがない。ギプスの上から、叩いてみるだけ、どうにもならぬ。

痒い、おーかゆーい、気が狂いそう。

詳しくは足首関節嚢《かんせつのう》破裂《はれつ》・靭帯断裂《じんたいだんれつ》・足関節剥離骨折《はくりこっせつ》と厳《きび》しい診断であった。

どうして、こんなことになったか？だと。

女どもがうるさくて、

「朕茂チャンこっち向いて」

「朕茂チャン連れてって」

たまにはいいけど、あまりベタベタされると暑苦しい。ひょいと左右の女を避けたつもりが、ズボンの裾《すそ》をつかんで離さない女がもう一人いた。「朕茂チャン行っちゃイヤ」てな訳で踵《きびす》を返した、その時足首をやってしまったのだ。いや、モテるのも、いい加減《かげん》にしないと身を潰《つぶ》す。

ナニ、オイラがそんなにモテるはずがないだと。お見通しとあらば仕方がない、カッコ悪いが本当のことを言う。

釣りを終えて渡船に乗る時、足首を捻《ひね》ったのだ。高い磯から、船の中へトンと飛び降りた時、甲板の敷物に隠れた穴にはまったのだ。

体重が全部かかっていたから、グジャとやった時には声も出ないほどの激痛だった。

翌日パンパンに腫《は》れた足を引き摺《ず》って外科に行ったら、レントゲン撮影の後、若僧の医者が「チョット痛いですよ」猫撫で声で、言うが早いか、足首をねん挫した時のように思いっきり内側へ折り曲げる！

「ギャオー」指が触れただけでも、腫れて痛いのに力一杯だゾ。

「チョット痛いですよ」だと、「コノ嘘《うそ》つきー」

ハマりたい穴には一向にはまらなくて、最近はドジばかり踏んでいる。


先頃は、右手の親指を患《わずら》った。

釣果十分で早めに終《しま》い、磯の陣笠（アワビの仲間の傘貝）を取っていた。これで炊《た》き込みご飯をすると美味しいのだ。鼻歌交じりでやっていたところ、親指の先をチョット怪我した。翌々日親指の関節が痛み出し、昼過ぎには痛さは限界になった。外科に行ったら直ちに切開手術、オー痛い。


釣りの怪我はまだある。

港でフィッシングボートへ乗り移る時に、足を踏み外し海に転落しそうになった。必死に船のヘリに抱き着いた。この時したたかに胸を打ったのだ。

「どうした、どうした」と皆が引き上げてくれたが、息も止まり、声も出ない。

「地球の回る方向に跳んでしまった」と答えたのは、しばらく経ってからだ。

吾輩は日頃より、物事を科学的に理解しようとする癖がある。この時も地球の自転と同じ方向に跳び上がったため、地球の奴目が勝手に早回りし、吾輩の着地点がズレたものと理解した。無慈悲な女房めは、「足が少し短かったのかも」

この時は、肋骨《ろっこつ》が二本も折れた。「あくび」「咳《せき》」「笑い」「しゃっくり」「寝返り」全てが痛い。肋骨にギプスはないから、自然治癒《ちゆ》を待つだけで、医者なんて何の役にも立たぬ。

「外科医の看板を下ろせ――」

丸々一カ月、禁酒、禁欲、禁釣りで全くひどい目にあってしまったのだ。

ええーい、こうなったら言ってしまえ、こんなこともあったゾ。

釣友諸兄は日焼け止めはどうしておるな。

晩秋から早春にかけての頃は、暖《あたた》かい日差しは快《こころよ》いものだが、日焼けは困る。若い頃と違って、一度焼けたらなかなか元に戻らぬ。ダンディーを旨とする吾輩は、軽く日焼け止めクリームを使っておる。

その日はまだ日の高い秋口で、特別陽光が強かった。竿袋の中にあった少し古い「日焼け止め」を多めに付けた。脇を見ると釣友は既に竿を出している。はやる心を抑えて、ゆっくりと小用をした。

開放されたひと時、これぞ男子の本懐だ。

眼前には大海原が開け、空はどこまでも青く果てしない。

「この世をば　わが世とぞ思う望月の　欠けたることもなしと思えば」。まさに藤原道長の心境もかくありなん。

かくの如く慌てず、騒がず、粛々《しゅくしゅく》と釣りに臨《のぞ》むのが吾輩のスタイルである。

二時間ほど釣りをした頃からナニの先がヒリヒリする。

帰りのフェリーのトイレで覗いたら、赤く腫《は》れて痒《かゆ》い。

風呂からあがって観察すると、ややピンク色、久しくこんな可憐なソレを見たことがない。

「痒いところにマキュ●ーン♪」てな調子でいたが、思い当たる節がない。

布団の中でボリボリやっていたら、女房が、

「どうしたの」

「チンコが腫れてカユイ」

「どうしたの、見せなさい。

マア、可愛らしい。

火に焙《あぶ》ったソーセージみたい。

オロナ●ンでも付ける？

メンソレー●ムの方がいいかしら。

キャー、メン●ムが染みるーッ」

団扇《うちわ》で扇《あお》いだり、氷で冷やしたり、最後はベビーパウダーをパタパタはたいて、まっ白。

顔にまで発疹《ほっしん》が出て、翌日皮膚科に行って治ったが、原因は安物の日焼け止めクリームの変質だった。

たっぷり顔に塗り、その手で立ちションしたのが失敗だった。

哀れなるかな我が愚息、お前にとんだとばっちり、赤くなったり白くなったり、今やすっかりしょげ返り、一人で悩むな息子じゃないか、親より先に歳とるな。

あーあヤンなっちゃうな。

足のギプスはいつ取れる、石膏《せっこう》巻きで極太《ごくぶと》で、用もないのにカチンカチン、息子に付けたギプスなら、何か使い道のあるものを。

「もっと暗くして」が終わりの始め

全く嫌《いや》んなちゃうな、大きな声じゃ言えないが。

三月の初旬、寒グレシーズンも終わる頃に日振島へ一人で釣行した。

友達にも声を掛けたが、都合が合わなかったのだ。

年金組のオイラは、前日の昼過ぎ、早々と出かける。途中で夕食を取り、缶ビールとつまみを買い込んで、いそいそと渡船屋の仮眠所に入った。

仮眠所には電子レンジ、電気ポット、テレビ、こたつ、布団があり、釣り師にとって極楽だ。

一二月や一月のベストシーズンなら、次々と釣り客が来るが、オフに近いその夜は誰も来なかった。

ビールを飲み、テレビを観て、目覚まし時間を携帯にセットして寝床に就く、そこまでは全て予定通り順調だった。

翌朝目覚めた時は、出船時間を一時間も過ぎていた。

なんと！　寝過ごしたのだ。

慌てたが、後の祭り、日振島へは渡船で一時間も掛かるから、目覚めた時はもう、渡船が日振島へ到着する時刻だった。

携帯を代えたばかりで、うまく目覚ましがセットできていなかったらしい。

弁解の余地はなく、自業自得である。

撒き餌を用意し、わざわざ釣り客の少ない日を選び、高速道路を四時間も走って来たのに、全て無になってしまった。

渡船場には一〇台ほど近県の車が並んでいる。どうやら他の釣り客は朝来たらしい。

当日は薄曇りで無風、釣りに最適な日並みだったというのに残念、無念。

「あーあ、まいった、まいった」

ぐっすり眠って晴れ晴れとしているはずが、機嫌はよくない。

「ソレでどうした」だと？

帰って来たよ、スゴスゴと。

車を運転して帰宅した頃、誘っても来られなかった「白さん」から電話が入った。

「朕茂チャン、風のない薄曇りで、最高だろう？」

「大当たりー、爆釣だヨ」なんて言いながら、隠したって、どうせ直ぐ分かることだから、白状した。

「実はナ……釣りしてない」

「なんだ！　行かなかったの」

「行ったヨ、でも釣りはしてない」

「何だ、また磯靴《いそぐつ》忘れて、そうだ竿も忘れたんだろう」

「忘れ物はなんにもなーい……チョット寝過ごした、只ソレだけ」チクショー。

そんな訳で、翌日には、オイラが渡船に乗り遅れた噂は、釣友全部に広まってしまった。

「さすがは朕茂チャン、渡船に乗り遅れても、動ぜず堂々としてた」なんて言ってくれる者は一人もいなかった。

「朕茂は、釣りより仮眠所で一人で飲むのが好きらしい」なんて言われ、あーグヤジー。


実はオイラが皆に隠して、まだ言ってないことがまだあるゾ。

自慢じゃないがオイラは口が堅いんだ。

三〇年近くも前のことでもう時効になっているから、この際言ってしまう。

五〇歳になった頃だ、オイラは泣く子も黙るピカピカの壮年だった。

すれ違う女共が、片っ端から振り返るほどのかっこいい！　ダンディーなオジサンだったな、ウン。

まあ、日本人らしく短足で禿《は》げ頭、たれ目に鼻は低めの団子風にしつらえてある……まあその……そんなところだ。


日頃から思わせ振りな三〇代後半の女性から、

「所長さんに相談がある」なんちゃって！

金曜日のアフターに、レストランで御馳走したが、大した相談事もなし。

食事が終わっても帰らない。レストランを出る時、耳元で、

「今日、主人は出張で、一人です」

「……ウヒョー」

「子どもは母のところへお泊りなの……」

「……キャッキャッ」

「それで」

行くべきところへ行っちゃったヨー、オイラも生身の日本男児！

まあ、ソノなんだ、大人なんだナ、僕たち。

何もかも、トントン拍子、人生、案ずるより産むがやすしと言うではないか。

風呂にも入った、薄明かりの中、ベッドに横になった。

布団をそっと開けて彼女が入って来る。ジャンジャーン……。

ほのかな甘い香りを感じた時……、

「もっと暗くして」

当然だ、急《せ》いてはことを仕損じる。

わずかな灯りを残すベッドライトを消すべく、左を下にして、上体を伸ばした

が、チョット届かない、手が短いのである。

横になったまま、もう少しと、思い切り右手をグーッと伸ばした！　これがいけなかった。

途端《とたん》に腰がグニュ〜ッとなった……。

アレーレレレッ、腰が！　腰に力が入らぬ。

瞬間、何が起きたか分かった。「ぎっくり腰」だ。

オイラの先祖は武家である、太刀を取っては引けは取らぬが、スタンドのスイッチに油断したのが不覚だった。

おのれ「ぎっくり腰」メ。

「チョット、チョット待ってくれ」

チョットどころではなかった。それで全てが終わったのだ。

あの時のことを思い出すと、今以って無念でならぬ。

世が世なら、腹真一文字に掻《か》っ捌《さば》き、武士の面目《めんもく》晴《は》らさんものを！

「大丈夫、僕に任せなさい。……なんにもしないから」

確かにそんなことを言って入ったのに、ほんとに何もしなかった！

背中を押して入ったのが、出る時は、肩を借りて、壁伝い……クーッ。

我がハゲ頭を愚考する

自虐ネタで言うのではないが、オイラは「禿げ頭」である。

五〇代の後半の頃だった。たまたま子どもたちが帰っていて、「禿げ頭」の話をしておったところ、息子が、

「他人事のように言ってるけど、お父さんも立派な禿げだよ」

「俺はまだ大丈夫だろう」

「父さんが知らないだけ、自分で見たことないの？」

そんな訳で、洗面台の前に立ち、合わせ鏡をして、初めて気が付いた。

「…………」

なんと立派な禿げである！

てっぺんが丸く透けて、地肌が白く見える。

鏡に映し前から見ると、オデコの上はかなり薄くなっているが、頭髪はふさふさだ。

しかし、合わせ鏡で後ろから見ると、頭のてんこは自分の想像より遥かに薄い。手で触ってみると、髪の毛に触れるばかりで、地肌に触れることはないから、自分では髪の毛が「まだある」と思っていたのだが、鏡に映すとはっきりと分かる。

鏡は嘘をつかないのだ。

「なんだ、こんなに禿げていたのか」。これが当時の正直な感想だった。人前では自分のことを「禿げ、禿げ」と言っていたが、まだ「禿げの予備軍」のあたりだと高を括っていたのである。

実は先日女性軍から、力強いお言葉を頂いた。

「あたしたち、髪の薄い人を差別的に見たことないわ、ねー」

「むしろ、堂々と薄くなった方が、男らしくていいのじゃないかしら」

「そうヨそうよ」

「男らしくて、キューンときちゃう」と宣《のたま》うたのである。

禿げは魅力的なのだ、今に禿げのモデルや俳優が紙面を飾るようになり、それがトレンディーなファッションになる日が来るゾ！　諸君。

今から二〇年も前の話だが、ミスターヒューストンとボートでチヌ釣りをしていた時のこと。

彼はオイラより五歳年上で、つむじがかなり禿げている。

釣りをしながら度々帽子を脱いだり、被ったりする。

理由は「頭髪のためには蒸すのが一番悪い」とか。

太陽に雲が掛かると脱ぎ、日が差すと被るのでなかなか忙しい。

昼過ぎ、急に雲が厚くなってきた。

「朕茂チャン、雨が来ますね」。そう言いながら帽子を脱いでいる。

ほどなく、

「雨です」

「えーっ、まだでしょう」

海面を見ると、ところどころに小さな波紋が立っている。

「ボクはねー、ここんところにセンサー付けていますから、直ぐ分かるんです」

と、禿げ頭を叩いた。

○　真っ先にキンカが騒ぐ日より雨　　短竿

オイラは「禿げ頭」が好きである。

禿げ頭を見ると、永年社会の荒波にもまれ、家に帰れば女房を気遣い、子どもに馬鹿にされながらコツコツと働いてきた、お父さんの哀愁を感じるのである。

同窓会で、年甲斐もなく禿げもせず、白髪も進まず、ふっさふっさの髪をしている奴を見ると、

「ヅラを脱げ」と髪の毛を掴んで引っ張ってやる。


先日隣町に行った時、風情のいい「うどん屋」を見つけた。

天井は高く、黒光りのする太い梁《はり》や柱が見える。

テーブルや椅子などの調度品も古民家風で、なかなかいい。

「天ざる」を注文した。

一組の夫婦が入って来て、オイラの向かい側に座った。

今時珍しい和服姿の上品な奥様がこちら向きに、オイラに広い背を向けて座った紳士は、ロイド眼鏡に眼光鋭く恰幅《かっぷく》もいい、しかも頭はツルツルに禿げ、光り輝いている。見るからに、医者か弁護士を思わせる風貌だ。

しばらくして、天井から蚊が一匹舞い降り、弁護士と思しき禿げ頭に止まった。

弁護士の頭は微動だにしない、蚊にほど良い時間を与えている、そおーッと手を上げ、息を止める……。

「パチーン」手刀一閃《いっせん》、見事一発で仕留めた。

「ウム、こやつできる、只者ではない！」

弁護士は手のひらを自分で確認し、一言も発せず、「どうだ」とばかりに向かい側の女房に掌《てのひら》を見せつけた。

その時ご婦人とオイラの目が合い、上品にほほ笑んだ。

○　ツルピンに平手で蚊を打つ心地よさ　　短竿

大きな本屋に入った。
本棚の向こうに雑誌の立ち読みをしている男がいる。
背が低く大頭、おまけに見事な禿げで、薄赤く輝いている。
頭髪は後ろ頭の裾にわずかに残るだけ。
よく見ると、やや右寄りの頭頂《とうちょう》にばんそうこうが貼られている。
ばんそうこうの真ん中に血が滲んだ跡がある。
築山の梅の古木の枝で擦ったか？　床下に潜って古釘で突いたのか？
「痛かった、だろうなあ……」
ぺちゃーと貼り付いたばんそうこう。剥がす時、小指の爪では無理ではないか？
他人事ながら心配だ。

○　ツルピカに絆創膏《ばんそうこう》の痛々し　　　短竿

高知県、足摺の樫西《かしにし》にグレ釣りに行った。

帽子を忘れているのに気が付いた。

当日はカンカン照りで、帽子なしでは耐えられそうもない。

渡船の中に天の抜けた古い麦わら帽子を見つけた。

天がなくても、タオルを入れて被れば縁があるから十分だ。船長にその麦わら帽をもらって磯に降りた。

ところが今度はタオルがない。

朝のうちは斜め上空からの日差しで、天の抜けた麦わら帽でも役立った。

だんだん日が昇ってくると、「禿げ頭」に直射日光が差す。

風でも吹けば、風通しが良くていいのだが、風もない、頭のてっぺんだけが日焼けする。このままでは日焼けで禿げ頭の皮が剥けてしまう。

直射日光を避けるため、片方の縁を下向きに折って首を横に傾げた、これはいい。

光の直進性と、照射角を考えたのである。

こんなところにも、日頃の科学的思考習慣が役に立つ♪

隣の磯で釣っているコバちゃんから電話が入った。

「朕茂チャン、ズーと首を傾げているけど、どうかしたの?」

「放っといてくれ、男の人生は苦悩に満ちている」と言おうとしたが止めた。


釣り宿に帰ってからも、癖になった首の傾きは、寝違えた時のようになかなか元に戻らない。オイラが眉毛を突っ張って首を曲げ、ソクラテスのような哲学者顔をしておったものだから、せっかく懐《なつ》いていた宿の猫が不審がって近寄らない。

○ 風通しよけれど禿げの直日《じか》照り　短竿

実は、某日女房のヘアピースを頭に載せてみたことがある。

鏡台の角に置いてあるのを見つけ、周りに人がいないのを幸いに、いたずら半分にやってみた。

思いっきり若やいで見えるかと期待したが、頭の上に真蛸を一匹貼り付けたようで馴染《なじ》まない。若い頃に流行した慎太郎刈りや早乙女主水之介《さおとめもんどのすけ》の前髪のようにはならないのだ。

つい真剣になって鏡を覗き、櫛で撫でていたところ、後ろに人の気配がする、鏡の中に娘の顔！

目が合った。

「キャー、ケケケケッ、……クーッククックッ……」

娘が涙を出し、腹をよじって笑う、……ようやく一段落すると、

「父さん！　本気で被る気なら相談に乗るよ！」

「……」

「オイ、チョット記念撮影してくれ」

そんな訳で、この写真は東京の息子のところまで飛んで行き、しばらく我が家の笑いの種になった。

レンギで腹切る血の涙

タラ（鱈）という魚がいる。

漢字で魚ヘンに雪と書く。雪の降る寒い頃に北国で捕れるからである。

末広恭雄著『とっておきの魚の話』の中に「タラはまたの名を、大口魚と言う。口が大きいばかりでなく、その胃袋も大きい。氏はこれまでに何百匹ものタラを解剖したが、ある時はその胃の中に五、六匹の大蟹《おおかに》、タコ、それからカレイの頭が既に半分ほど消化している光景を見て、タラの貪食ぶりと其の消化力の猛烈さに驚愕《きょうがく》した」とある。

古くから、思いっきり食うことを「タラ腹食う」と言う。

このようにタラの大食いはずっと昔から知られていたのである。

ところがタラはその大食いなるが故に、魚でありながら我ら人間と同じように胃潰瘍《いかいよう》になるそうである。

まあ今節カニも高価になって、一匹が数千円から1万円以上、そんなカニを五、

六四、タコも踊り食いで頭から。カレイはとれとれの産地直送だから、社長や殿様でもあるまいに、毎日こんな贅沢《ぜいたく》な食生活をしていればタラでなくても胃潰瘍ぐらいにはなるだろう。

日本消化器病学会で「タラの胃潰瘍発生」と題する研究発表をしたのは、北大の野田信茂博士だそうであるが、『家庭医学事典』に、胃潰瘍は人間だけに見られる病気で、他の動物には起こらないと書いてある。

そもそも胃潰瘍とは自分の胃から分泌する消化液で、自分の胃壁を消化した状態である。胃液にはたんぱく質を消化する強い作用があり、たんぱく質でできている胃壁が消化され傷つく現象である。

されば胃壁はそれに対して何らかの防御をしなければならぬ。即ち胃壁の表面に防護粘膜を張るが、この防護粘膜に部分的な欠損をきたすと、この部分に自己消化現象が起きて胃壁に傷が付く、これが胃潰瘍なのである。

では何故に防護粘膜細胞の部分的欠損が起こるのか、その原因は未だ不明だそうで、精神的ストレスを原因とする説が今のところ有力らしい。

海底数百メートルに住む大食漢タラに如何なる精神的ストレスがあるのか諸先

生方のご説明を頂きたいものだ。

胃潰瘍は日本が世界に誇る国民病で、まさか日本民族の悩みとタラの悩みが同一でもあるまいが、両者に共通する生活習慣が一つだけある。それはタラも日本人も、何でも食べる悪食《あくじき》習慣があるからだ。

我らは美味しければどこの国の物でも輸入し、料理に取り入れる、そして何よりも他国と違うのはほとんどの魚類を生で食べる。それは醤油という他国にない調味料を有する特権であろうが、その代償として世界一の胃潰瘍と、胃がん発生国の称号を有しておる。


実のところ吾輩もタラに負けぬ悪食の一人である。釣りも好きだが、釣魚を食うのも好きである。変わったところでは、よくベラを食う。エサ取り魚のあの憎い奴である。

秋にはそのベラを食うため、わざわざソレを釣りに行く。

型のいいのは刺身にする。諸君はベラの刺身など聞いたこともあるまい。

三枚に下ろして天ぷら、唐揚げもいいゾ。

腹とウロコを取って一晩干すと型崩れしない。それを南蛮漬けか煮物にする。変わったところでは、ベラのグラタン。これはもう天下一品である。骨が堅く多いけど、ていねいに骨を取ると脂が乗って実に美味しい魚なのだ。

ベラは砂場におる。したがって砂浜からでも釣れる。投げ釣りでもいいが、撒き餌をして、浮かせて釣るのが効率的だ。砂場だからフグも混じるから、場所を変えながら大型の揃うところを効率的に釣るとよい。


その日、ベラ釣りで、瀬戸内の小さな島にいた。

太陽はカンカン照り、無風で猛烈に暑い。

靴を脱いだり履いたりして紛らわしていたら、ズボンの裾から、フナ虫が這い上がって来た。フナ虫とは海辺におる甲殻類で「海のゴキブリ」と呼ばれている。フナ虫は足が速い、アレレレと思う間に股ぐらまで這い上がって来た。このスケベ虫メ。

竿を持っているから機敏《きびん》に対処できない。

上から押さえることも、捕まえることもできぬ。バンドを緩めチャックを下げる。

とうとうズボンをずらし、パンツも下げた。

みっともない格好だが、孤島で辺りに人影はなく問題はない。

下げたズボンを叩《たた》いたり振ったりしたが、どこにいるか分からぬ。

ズボンを引き上げると、途端に股ぐらの周りを這い回る。

「ヒヤアー……」

「くちゅぐったい」

ズボンの上から腰の周り、そこら中を叩き回す。

動きが止まった、再び下着とズボンをずらす、すると上着の下、シャツの間から飛び出し、花道を走るようにチンコの先へ、……レレレッ……。

平手で先っぽ目がけ、パチーン……イターイ。

一瞬早く、岩の上へ逃げられた。逃げ足が速い。

二度とズボンの中に入られてはイカン、急いでズボンを引き上げ、慌《あわ》ててチャックを締《し》めた。

「ギャーッ……」

何が起きたか分からぬ。強烈な痛さが脳天《のうてん》を突き抜けた。

「レンギで腹切る血の涙」

レンギ（連木）とはスリコギのことである。スリコギで腹を切れば、痛さで血の涙が出ると言うのである。それほどの痛さがオイラの脳天を襲《おそ》ってきた。不可能なことをやってしまった報いなのか？

今だから順序立てて話せるが、一瞬の失敗であった。

パンツを上げずに、ズボンだけ上げたのだ！

パンツを上げ、次にズボンを上げ、しかるのちにチャックを締めていれば、かかる災難に遭わずに済んだものを！

「あーグヤジイー」

それで如何《どう》しただと？

チャックを上げた時に、暑さで伸び切っていた、キンタマの袋がチャックに挟まったのだ。どうだ分かったか、この野郎！

とにかく痛さの原因は分かった。分かったからと言って、そのまま放ってはおけぬ、玉袋をチャックから外さねばならぬ。それにはもう一度、あの挟まった袋の上をチャックの金具を通さなければならぬ。思うだけでも恐ろしい。

チャックを少し下ろしてみたが痛い。

チャックを壊すか？　……不可能だ、Y●Kのバカ！

早くしないと患部が腫《は》れて取れなくなる。

上がったものは下がるだろう。決断した。

下を見ないように、鋭く天を睨《にら》み上げた。

「南無さん、タマタマの皮よ外れてくれ。……一、二の～エイヤー」

「ギヤーッ」


大声を出す方が、いくらか痛さが分散する。

そーっと下を見る……外れているが……タマがない……エーッ玉がない。

あれほどデレーと伸びていたのに、手で探ると、四分の一ほどに縮み上がって上の方に隠れている。

タマタマには自己防御本能がある。暑いからといって、油断して伸びていると、またチャックに挟まれるかもしれない、だから怖がって自分から縮み上がっているのだ。可愛い奴メ。

どうだ、こんなこと知ってるか？

……あーあ、それにしても痛かったナー。

チャックに金玉の皮挟むなんて！　どうかしているよ、全く。

日本原で戦車隊に囲まれる

渡船に乗っていると、鹿やイノシシが泳いでいるのに出合うことがある。彼らは海水浴をしているのではない。大抵はオスで、縄張り争いに負けたか、食べ物を求めて移動しているのであろう。

驚くのはその遊泳力で、調べた訳ではないが、水掻きもついていないあの細い足で、一〇キロ位は平気で泳ぐと思われる。

日振島へ釣行した帰りの船で、陸地間の距離一〇キロは楽にある海の真ん中をイノシシが悠々と泳いでいた。

北西の強風が吹く二月の初めで、船は波にもまれてローリングしながら、二基のエンジンをフル回転させて走っていたから、野生のイノシシといえども大変なことだったろう。

若い船長に聞くと、

「よく見ますよ、平気なんじゃないですか」

野生動物は恐るべき身体能力の持ち主なのだ。

プレジャーボートで小豆島と浮ノ子《ふのこ》島の海峡で釣りをしていた時、鹿が泳いでいるのに二度も出会った。大きな角をしていたからオス鹿だろう。

「捕まえよう」と友が言う。

錨《いかり》を上げて、船で追い回したが、勝負にならなかった。

彼らは機敏で力強い。

とてもじゃないがオジサンたちの相手ではなかった。


深夜に田舎路で鹿の姿を見たし、渡船屋の近くでゴミをあさるイノシシに驚いたこともある。

真昼に高速道路を横切るイノシシの行列にも遭遇した。

母イノシシに続いて縞模様のウリ坊数匹が、行列になって有料の宇和島道路を横断していた。

微笑《ほほえ》ましくて可愛いけれど、一昔前なら考えられない光景だ。

岡山市の郊外で、田んぼの辺《ほとり》を走っていて、ヘッドライトの前に突然大イノシシが飛び出たことがある。慌ててブレーキを踏み、難を逃れたが、真冬二月、寒夜八時頃のことだった。

兵庫県の西の端を流れる千種川に毎年アユの友釣りに出かける釣友が、「行けば必ず鹿を見る」と言う。あの辺りは特に鹿の生息が多く、農家の被害も甚大だ。川辺には瑞々しい草があり、しかも藪が多く身を隠しやすい。車に轢かれる心配がない、川を渡って逃げれば人間も怖くない。これらの事情が鹿たちを千種川に集めているのだ。

イノシシに限らず鹿も猿もタヌキも年々増え続けているのに、人間社会の方は過疎《かそ》が進み、住んでいる人たちも年々歳をとり活動力が鈍る。そんな訳で、昔里山と呼ばれ人々に親しまれた地域が、だんだん動物たちに取り戻されつつある。後一〇年も経てば一体どのように変わるのだろう。

＊　＊　＊

ところで話はガラリと変わる。

実はオイラが就職して二年目の二四歳の頃だった。自衛隊の皆様にひどく迷惑をかけ、叱られたことがある。

一年間一緒に仕事（大阪の金融機関）をした同僚の女子社員が二二歳で退社した。当時（昭和四二年頃）の女子社員は二二、三歳で退職し、結婚をするため出身地へ帰ったのだ。

彼女は岡山県北の出身で、

「五月の連休に遊びに来ないか」と手紙が来た。

「津山城跡《じょうせき》を見たい」などと調子のいい返事をしたところ、

「三連休に来て、自分の家へ泊ってくれ」と話が具体的になった。

丁度その時、オイラの得意先が連休中に岡山県津山の工業団地へ資材を届け、一泊して完成品を持ち帰る便があると言う。渡りに船だ、ピックアップの小型トラックに便乗して津山へ行ったところ、完成品の納入が早まり、とんぼ返りの日程に変更になった。

積み込み前の一時間余りをもらって、津山から三〇分足らずの最寄り駅へ一人トラックを運転して出かけた。

直ぐ家へ行こうとする彼女に「直ぐ帰る」

驚く彼女と押し問答。

父母は旅行で、三日間留守をするという。そこへオイラを泊めるつもりだったのだ。

途切れ途切れの彼女の話は、そういうことだった。

一緒に仕事をしている頃、青い制服におかっぱ頭の目立たない女が、髪を後ろに結ぶと、白いうなじの生え際が驚くほどに艶めかしい。

狭い小型トラックの助手席に座って、ミニスカートから飛び出している太い脛が、空の太陽よりも眩しかった。

焦った、車の帰りを待っている仕事人がいるのだ、時間がない。彼女を乗せて国道五三号を横断して、山麓に広がる緑一色のススキの中へ分け入った。

後で知ったが、そこは海抜一、二五五メートルの那岐山の麓、裾野に広がる広大なススキの原野で、日本原と呼ばれる自衛隊の演習場だった。

そのことも知らず、遠くにブルドーザーのような音を聞きながら、ススキの中の小道をむやみに走った。

車を止めた、無言である。何と言っていいか分からない。

オイラは乙女心を知らなかったのだ。彼女の心を踏みにじったのかもしれない。

彼女の肩を抱いて「ごめん」……と言った刹那《せつな》、

「ヴアーングルグル、ガラガラガラ」

地響きと共に、ディーゼルエンジンのけたたましい音、辺りには濃い燃料ガスの臭い！　続いてキャタピラの強烈な軋《きし》む音！

突然正面のススキから戦車の砲身がズボーと突き出て来た。

直ぐ右側からも続き、気が付くと車の天井の上にも砲身が揺れていた。

なんと！　戦車三台に取り囲まれていたのだ。

ハッチが開き、鉄兜の自衛官が顔を出す。

スピーカーから大声が響く、

「立ち入り禁止区域です、直ちに演習場から退避しなさい」

＊　＊　＊

ああ、何んてこと!!　いいところだったのに。

全く間が悪いよ、オイラは昔からドジばかり踏んでいる。

第二章

釣りもアレも人間は新奇好き

釣りの回数とナニの回数

古来より、「釣り好き」をして太公望という。出典は司馬遷《しばせん》の『史記』である。世を離れた「呂尚《ろしょう》」が渭水《いすい》の辺《ほとり》で魚釣りをしていると、周《しゅう》の西伯《せいはく》が来て、「我が亡き太公（父君）の言に、必ず聖人出でて周に至り、国を再興するであろう。貴殿はまさしく太公が待ち望んだその人、よって太公望」の故事による。ついでながら、太公望は周の武王の軍師となり、殷《いん》を滅ぼし天下を統一した。したがって太公望は偉大なる戦略家であって、釣り名人ではない。タイコウボウと言う発音に、のどかで呑気そうな響きがあり、陽だまりで糸を垂れる穏やかな風景を連想させる。そんなことも重なって、「釣り好き」の総称になったようである。

実は「釣り師」を気の長い、呑気《のんき》者と決めているのは、釣りを知らない人たちの勝手な思い込みで、呑気者は釣り師に向かない。少なくとも、上手な釣り師には成長しない。魚がいるかいないか分からぬところでボケーと一時間も二時間も待っているようでは釣果は上がらないのである。

気の短い者は度々竿を上げ、餌を付け替え、打って返しに繰り返す。この行動が撒《まき》エサ効果となり魚を誘うのだ。

森秀人著『釣りの科学』（講談社）によれば、魚の臭覚は人間の数百倍もあって、魚は好ましい臭いに敏感に反応する。エサが魚の見えないところにあっても、臭いだけで集まってくる。エサを度々付け替えるとその度に臭いは強くなり魚は競《きそ》ってエサに集まってくる。これを「食いが立つ」と言っている。

釣れないからと直ぐ場所を変わるのもダメ、撒エサ効果が表れるまでじっくり待つことも大切だ。その見極めが上手な釣り師の極意である。

『釣りの科学』には我々の知らない話が他にも沢山ある。

中国ではミミズをわざわざ足で踏み殺し、それをエサにする。

潰した方が臭いが強いし、生きているミミズは動くので、魚が驚いて食いつかないと信じているからだ。

ところが日本では、くねくねと動く生きの良いミミズの方がいいというのが一般的である。

著者によれば、何れも正しそうで、臭覚を重視するか、視覚を重視するかの違いに過ぎないそうである。

ところで我ら釣り師たちは、どこかに人の知らない良い釣り場はないかと常に探している。大物の潜んでいる秘密の釣り場、誰も知らない新しい釣り場はないかと始終探している。秘密情報があるといって集まり、ヒソヒソと密談したりもする。

東の者は西の釣り場に好奇《こうき》の目を向け、西の者は東の釣り場に挑戦する。たまたま釣果が上がると、俄然《がぜん》ファイトが湧いてしばらくはその釣り場所に没頭《ぼっとう》する。

実は、このような人間の新奇好《しんきず》き現象を、「クーリッジ効果」と呼ぶそうである。クーリッジとは、アメリカ第三十代大統領のカルビン・クーリッジのことで、彼が国立農事試験場を視察した時の逸話《いつわ》からこの言葉が生まれた。

農場の養鶏所に先に着いた大統領夫人に、説明員が、「オンドリは一日に数十回交尾する」と言うと、夫人は何とも羨《うらや》ましいという表情で、「すごいわね、それ後で、主人が回って来た時も、話してちょうだい」と上気して頼んだ。

大統領が来た時、説明員は夫人のリクエスト通りにしたところ、クーリッジは「君、オンドリは同じメンドリばかり相手にするのかね」

「いいえ、相手は全部違います」。それを聞いたクーリッジは「そのことを、いつか女房に教えといてくれ給え」と憮然《ぶぜん》として言ったのだ。

昔から、「女房と畳」の話があるが、動物の世界でも同じである。

ハーバード大学の教授だった板坂元先生の本に、ネズミと猿の話が載っている。ネズミのオスとメスを一匹ずつ飼育箱に入れると、ソレッとばかりに交尾が始まる。初めは回数が非常に多いが、時期が過ぎると、回数が目立って少なくなる。それは彼らの性的能力が低下したのではない。もし、メスが新しいのと入れ替わると、交尾の回数がまた直ぐに多くなり、彼らの性欲は著しく高まる。ネズミのこうした現象を「コロンバス効果」と言うそうである。

これは猿の場合も同じで、日本猿を使った実験では、初対面からしばらくの間は猛烈《もうれつ》な交尾が行われるが、やがて低下する。盛んな時期と、落ち着いた時期の比率は何と一五対一だった。

女房たちは盛んな時を正常と思い、我らは落ち着いた時を正常と思っておる。したがって、両者の間には常に一五対一の認識の相違があるのである。

半月ぶりの釣行にもさながら毎日でも釣りに行ってるが如く「またー」とは何たる言いぐさ、全くもってケシカラン。

惚れ薬・イモリの黒焼き異聞

子どもの頃、ミミズを餌に野ブナを釣っていると、よくイモリが釣れた。イモリの当たりは独特で、ウキにピョコピョコと当たりが出る。やがてウキはゆっくりと横へ動き出す。イモリが餌をくわえて川底を歩いているのだ。合わせると、なんの抵抗もなく、イモリが両手足を広げ、赤い腹を見せて上がってくる。

ところで読者はイモリという生物を知っているか。形はトカゲに似ている。脊椎動物・両生類・サンショウウオ目・イモリ科である。大きさは一〇センチ前後・体色は黒褐色、腹は鮮やかなオレンジ色、その中に不規則な黒斑がある。尾は縦に扁平《へんぺい》で泳ぎに適している。水の綺麗《きれい》な池や小川に棲むが、晩秋になると陸に上がって冬眠する。

子どもたちは「イモーラン」と呼んで嫌《きら》っていた。嫌う理由は三つある。食べられない、釣り味がない、嫌な臭いがする。

こんなイモリに特筆すべきことが一つある。メスと思しきイモリの下腹部が驚くほどに艶《なま》めかしい。後ろ足と尾の付け根の腹面にビックリするほどセクシーな性器があるのだ。

真っ赤な腹の後部に薄ピンクのソレが口を開いている。溶けるほどに柔らかく大きく盛り上がり、典型的な土手高、ふっくらとしたまんじゅう仕立てで、しかも真ん中がズバッと深く割れ、いつもトロトロに濡れそぼっている。

体長一〇センチほどの体に、ソノ部分は七ミリほど。もしイモリが一メートルもあれば、ソノ部分は七センチにもなるから、きっと猥褻物陳列罪《わいせつぶつちんれつざい》に値する。今少し丁寧《ていねい》に構造を説明すればいいのだが、あまり詳しく記述すると卑猥《ひわい》になる。純文学を標榜《ひょうぼう》する吾輩にはなかなかできんのである。

イモリについて書くのはほかでもない、今回は「イモリの黒焼き」について考察したい。

「イモリの黒焼き」は古来から、「女に付ける惚《ほ》れ薬」と言われてきた。ものの本には、この薬の作り方から、使用方法まで書いてある。

今はネットで検索すれば、イモリの蒸し焼き、生薬として漢方薬局が作り方を解説し、通信販売もいたしておる。

雌雄のイモリを（交尾している雌雄をそのまま）黒焼き（蒸し焼き）にし、これを粉末にする。この粉末を目指す女に振りかけるか、飲ませるのである。すればたちまち女は振りかけた男を恋慕うと書いてある。

江戸小話に

ある男、美しい娘に惚れたが、一向にこちらになびく気配もない。考えあぐね、娘が婆やと出掛けた時、イモリの黒焼きを振りかけたところ、急に風が吹き、婆やの方にかかってしまった。しまったと思った時にはもう遅い、イモリ効果はてきめん。入れ歯の婆やが着物の裾《すそ》も振り乱し、いきなりしがみついてきた。男は慌てて逃げ出す。婆やは追いかけて来る、行き止まりの川土手、ままよと川へ飛び込んだ。婆やも川へ、川水がイモリの粉を洗い流し、正気に戻る。

もう一つ小話。

ある薬師の男、イモリの黒焼きを作ってイモリ印として売っていた。

ある日、若者がその薬を買いに行ったところ、ちょうど、薬師の男が外出して留守だったので、女房が効能を説明して渡したところ、若者は薬を受け取るなり、女房に振りかけ、そのまま女房を奥に連れていきことに及んだ。女房は薬の手前、拒む訳にもいかず、そのうち女房もその気になって、二人は散々楽しんだ。

「こんなによく効く薬だとは思いませんでした」と若者はお礼を言って帰って行った。夫が帰宅して、女房はありのままを話した。

「誰がそんな男としろと言った」

「だって、しなきゃお前さんの薬が効かなかったことになるじゃないか、それに私も効いたような気がしたんだよ」


さらにもう一つ。

体つきの立派な伊達男《だておとこ》が惚《ほ》れ薬を買いに行くと、店の女房が男を見てから、

「よく効きます、効き目は私が保証します」

早速、薬をほんの少しその女房に振りかけてみたところ、女房は急に妙な目つ

きになり、

「幸い亭主は留守ですから、どうぞ奥へお通りになって」

（参考　駒田信二著『艶笑動物事典』）


ところで、オイラがまだ小学生の頃、中学生の悪童たちが「イモリの黒焼き」を作るところに出くわした。

オス、メス2匹のイモリを腹合わせに抱き合わせ、その上から藁をぐるぐる巻き付ける。この時悪童たちはオス、メスの性器をていねいに合わせて、キャキャと騒いでいる。オスと思しきイモリのソレは、コメ粒ほどに固く、先が尻の穴のような格好だ。

二匹のイモリは迷惑そうにそれぞれ顔を背けている。メスと思しき割れ目からは白濁した粘液なんぞ出て、大変な騒ぎであった。

この後どのように黒焼きにしたのか、しなかったのか。それからどうなったか吾輩は知らぬ。したがって効能の報告もできぬのであるが、ごく最近、イモリの繁殖の生態がＮＨＫのテレビで放映されて、一件落着したのである。

実は我らがメスだと信じていたのが、オスだったという話である。

あの紛らわしい割れ目は、何とオスの性器だったのである。

オスは繁殖の時期が来ると、あの割れ目の中に精子の詰まった精嚢《せいのう》を抱え、穏《おだ》やかな流れの上流から、すぐ後ろのメスにゆらゆらと流す、精嚢はやがてメスの腹の下に入ってあの尻の穴のような口にたどり着くのである。かくして受精は目出度く完了する。

なんのことはない、情熱的に交尾するイモリの姿はないのである。

過ちの元は、アノ思わせぶりなオスの性器（実は総排泄腔・注）に原因がある。

白濁した粘液は精嚢の素だった。

あれなら誰が見ても間違いを起こす。

古人はソレを見て、イモリの派手な交尾を連想したのである。

そしてイモリの黒焼きを考え付いたのだ。

（注、ほとんどの軟骨魚類、両生類、爬虫類、鳥類、ごく一部の哺乳類に見られる、直腸、排尿口、生殖口を兼ねる器官のこと）

雌牛の切ない声に、牛の一突き

その年は四月に入ってよく雨が降った。この時期に降る雨は釣り師にとって嬉しい雨だ。

春先に多量の雨が降ると、山や畑や田んぼから沢山の植物性プランクトンが川へ流れ出し海へと注ぐ。それは海の動物性プランクトンの素になり、それを食べる魚が豊かに育つ。だから今年は釣り師にとっていい年なのだ。

ところで二〇世紀は女性解放の世紀であったが、果たして二一世紀は女が男を支配する時代になるのだろうか。

あり得ないことではないゾ、男は元々女の機嫌《きげん》を取るようにできておるから、レディーファーストに人権尊重が重なり、最早手に負えぬ状況になりつつある。

女は間違いなく強くなった、いや、強くなり過ぎておる。

一九九五年のベストセラーに、オリビア・セントクレア女史著『ジョアンナの愛し方』がある。ジョアンナとは女性自身・女性の中心部分のことである。分かりやすく言えば、女性が書いた女のアソコの愛し方なのである。日本でも三〇万部以上の大ベストセラーになり、しかも読者の大半は女性であったという。オリビア女史は、翌年次なるベストセラーを発表した。『ビッグ0』副題は、「もっと激しく、楽しく、美しく」

『ビッグ0』とはビッグオーガズムのことである。この本はわずか二週間で二万部も売れたと聞く。

女性の解放とは、男女同権と男女平等の実践であった。これについて不肖《ふしょう》朕《ちん》茂《も》短《たん》竿《かん》の私見《しけん》を言わせてもらう。

男女同権は分かるが、男女平等は理解し兼ねるのである。男と女は同じ人間であるから、同権である、このことにいささかの異論もない。しかしだからと言って平等ではない。男は子を産めぬし、子に乳をやることもできぬ。

母は体内に十月十日も子を宿すが、それに比べ父の関与はまことに刹那的《せつなてき》だ。即ち両者の間には機能的相違が多大であり、男女間に絶対的平等はないのである。

昔から女の売春婦はいても、男の売春夫はいなかった。これは単に男が女性を一方的に虐《しいた》げた歴史の結果だけではあるまい。男には射精があり、それによって終結するから、一人の女が何人もの男を順番に相手することも容易にできる。即ち生産性を上げて職業化することもできるのである。

三こすり半の「発射、終了」はあっても、一方、瞬時で「モウダメ、コウサン」はないであろう。

かくして売春婦は成り立っても、売春夫は成り立たないと推測できる。繰り返すが、男が女性を虐げて、売春婦を創り出したのではなく、男女の機能の差がこのような歴史を生み出したのではあるまいか。その証拠に時代が変わり、女性の地位が向上しても、自ら求めて売春をすることがある。援助交際とはまさに売春そのものと言えまいか。

亡き藤本義一の小説に、『女の顔は請求書』というのがある、女はいつも男に金を請求し、それに応えることが男の甲斐性とされて来たからである。
あらゆる動物の中で、雌側が金を取るのは人間だけである。それは人間の女性が男の欲望を知っており、言い代えれば男の足元を見て、自分のソレが金になると判断する能力があるからである。この判断能力こそ人間が他の動物と違う霊長類たる所以《ゆえん》の一つと言えるかもしれぬ。

人間以外の動物は全てオスが交配料を取る。因《ちな》みに競走馬ディープインパクトは一回四千万円だったそうで、サラブレッドは人工授精をしないから肉弾戦である。四千万円の中出しである。種馬が発射後、一物を引き抜くと、余った精液がドドーと流れ出るそうで、すると牝馬の持ち主が、慌ててアソコに手を当てて塞ぐそうである。なんせ、四千万円の何割かが流れ落ちるからである。

知人にコリー犬を飼っている人がいて、この犬が発情した。オイラが友人を介してブリーダーを紹介したところ、二日後知人の奥さんが、ポラロイド写真を持ってやって来た。簡単なお礼を言ってから、

「大型犬でしょう、すごい迫力でもうタジタジ」

尻を合わせた写真は生まれる子の血統書証明用とか。交配料は、本来一〇万円のところ、紹介だから六万円。


オイラの実家は農家で、当然のことだが牛を飼っていた。

いつもは牛小屋の奥で、「ウムー」と低く唸っていた雌牛《めうし》が、発情するとたちまち「ウモー」「ウモー」と連続して高い声で鳴くようになる。その違いは素人でも直ぐ分かる。

近所の馬喰《ばくろう》を呼ぶと、後ろに回って、メス牛のソコを指で広げて観察、交配適正日を指示してくれた。

種畜場《しゅちくじょう》へ予約して、連れて行く。いつもはノッシ、ノッシと歩く牛が、「ウモー」「ウモー」「早くオスに会いたい、我慢できない」と飛ぶように歩く。

当時は種畜場に種牛の精子を低温保存する設備がなかったから、その都度種牛から採取して対応した。

牛の心情を考えると、生でと思うのが人情だが、種オスがメスの三倍近くもあり、これでは雌が潰《つぶ》されてしまう。それに自然交配だと失敗がある。発情した雌を、跳び箱のような擬台《ぎだい》の向こう側へ連れてゆく、お尻をこちらへ向けて立たせる。

そこへ種オスが来る。先程から「ウモー」「ウモー」と発情した雌の切ない鳴き声を聞かされて半狂乱、獣医を引きずりながら、恐ろしい力で突進してくる。一度は擬台を避けて、メス牛の後ろまで来るが、雌の尻の臭いを嗅ぐのが精一杯。「鼻ぐり」を引っ張られてまた擬台の正面へ戻る。

再び擬台を避けて雌の方へ行こうとするが、抵抗はそこまで。オスのアソコはメスの臭いを嗅いで爆発寸前だ。一・五トンの巨体がドドッと擬台に乗りかかる。獣医が素早くペニスの先を採集器の入り口にあてがう。「牛の一突き」八〇センチほどのピンク色のサーベルがガラス管の中に仕掛けられた、ゴム袋の中に突き刺さる。その瞬間反対側からガラス管の中のぬるま湯がドッと流れ出す。ゴム袋の中は真空となり、その中に精液が溜まる。種牛はゆっくりと擬台から降りる。

「よーし、よくやった」獣医がねぎらう。

メス牛のソコにステンレスの膣《ちつ》拡《かく》張《ちょう》器《き》を入れ、長いガラス管の付いたスポイトで肉眼でもはっきり見える子宮に採取した精子をプチュッと入れる。

不思議なことに、家路につく頃には雌牛はすっかり落ち着きを取り戻し、満ち足りた顔をしていることだ。彼女はあのステンレスとスポイトのプチュッで十分に納得したのである。

何と物分かりのいい女振りではないか。

かか様が叱ると娘初手は言い……江戸の川柳にみる猥学、艶学

森秀人の『釣りの科学』によれば、石器時代の昔は、関西や四国、九州よりも関東、東北の方が釣り文化が発達していた。

このことは発掘された釣針の遺跡《いせき》分布からも証明されている。また、日本で最初の本格的な釣りの本を刊行したのも陸奥《むつ》の国・黒石藩主・津軽采女正《つがるうねめのしょう》が書いた『釣魚秘伝《ちょうぎょひでん》・河羨録《かせんろく》』である。

周囲を海に囲まれ、水の豊かな我が国では、釣りは古代から人が生きてゆくため、家族を養うための男の貴《たっと》い仕事であった。

江戸時代の東北を舞台にした藤沢周平の小説に、武士が釣りをする場面が度々出て来る。

ところがである、近年尻軽女をナンパすることを「陸釣《おかづ》り」等と称して「神聖にして尊厳《そんげん》」なる「釣り」という言葉を愚弄《ぐろう》しておる。まことにもってケシカラ

ン。釣りをこよなく愛する吾輩にとって、実に嘆かわしき次第である。

ま、そうは言うものの、この世は男と女、多少のことは我慢せずばなるまい。

そんな訳で、今回は川柳に託した江戸の先達《せんだち》の思いを、人の成長に沿ってたどってみることにする。

ここに紹介する川柳や小話は概《おおむ》ね（駒田信二著『艶笑人名事典』『艶笑動物事典』『艶笑植物事典』、西沢爽著『雑学猥学』『雑学艶学』『雑学女学』三部作）より引用させて頂いた。

これらの川柳から、江戸庶民の伸び伸びとしてのどかな夫婦生活が偲《しの》ばれて、実に楽しい。江戸時代の社会を「士農工商」という階級社会の矛盾と「切り捨て御免」の封建的抑圧政治であると喧伝《けんでん》した、一方的な戦後教育にいささかの疑問を呈するものである。

先ずは乙女たちのお話から。

○　一六の春から稗《ひえ》をまいたよう

当時は数え歳、一六は今の一四か一五、中学二、三年生に当たる。栄養の悪い時代であったから、一六でやっと毛が生えて来た。

○一三パッカリ毛一六

○めっきりとオイドの開くお一三

○一六で娘は道具揃《そろ》うなり

昔の人は考え方が早かったのである、一六は大人の仲間入りであり、いよいよ男が寄って来るのである。

○口説く奴辺《あた》り見い見い側《そば》へ寄り

○痛いことないと娘口説くなり

○草ばかり千切って恋の返事せず

○そんなこと存じませんと鶴を折り

○折れそうなとは下手な口説きよう

○させろとはあまりにげすな口説きよう

○かか様が叱ると娘初手は言い

○ほんのりと娘返事を顔に出し

○承知するそうで娘辺り看る

この頃の少女は屁もこかないほど澄ましている。

若い二人のオナラの小噺を一つ。

惚《ほ》れ合った同士が差し向かいで座っていた。緊張した娘がうっかりプウ、

「こんな女にさぞ愛想が尽きたでしょう」と娘が言えば、

「何の、屁《へ》の一つぐらいで、オレの気持ちが変わるものか」

喜んだ娘、とたんに緩んで、また一発！　男、鼻をつまんで、

「さてもさても、疑り深い」


ところで娘は簡単に許したのでは、尻軽女と思われて値打ちが下がる。
○　そんなことイヤヨイヤヨと嫌がらず
○　ダメダメと言いつついつかダメになり
という訳で二人は恋仲になるが、車もなければ、モーテルもない時代。

恋する者は青カンだ、それを昔は「野良出会い」と言った。
○　野良出会い上でいちゃつく舞ひばり

○麦畑案山子《かかし》の前もはばからず

○大腰を使うと麦の上に出る

○芋の葉でおっぷいておく野良出会い

○野良出会い天道様が福の神

福の神は拭《ふ》くの紙を掛けている。次は見合い結婚。

○新枕覚悟の前をやっと開け

○めくら判押されるように初夜開ける

○初夜妻の体位に雲とわく疑惑

何と！　めくら判とは。新婚時代も過ぎると、落ち着いた時期に入る。

○尻で書くのの字は筆の使いよう

○君が代やああ君が代や今幾世

○あれさもう牛の角文字ゆがみ文字

君が代は気味が良いの、今幾世は今行くよの掛詞《かけことば》。

牛の角文字は「い」、曲がり文字は「く」

○愛想でするとは憎《にく》いよがり泣き

○またかえと女房笑い笑い寄り
○拭く時は元の女房の声になり
○飽《あ》きもせず同じ女房と同じこと
○口惜しさは一つ覚えのうちの人
○誰が広くしたと女房やり込める
　当時男の浮気は廓《くるわ》遊び、当然女房は文句を言う
○家にないものでもないと女房言い
○間男をするよと女房強意見《こわいけん》
　封建時代と言われながら、結構、女房の不倫も多く、「元禄御畳奉行の日記」によれば、〇〇件余りの密通事件の中で、女の浮気の方が多いそうである。今日のラブホテルに当たるものが当時出会い茶屋として既にあった。そこでは「よーし、やるぞ」とばかりに男以上に女は頑張っていた。
○出会い茶屋男は半死半生なり
○出会い茶屋許せの声は男なり
○出会い茶屋あまりしない顔で出る

出会い茶屋へ行く金のない者は野良や、雪隠《せっちん》、漬物小屋、あるいは亭主の留守に忍び込む。

〇〇〇

雪隠を一人出てまた一人出る
足音のたんびに腰をつかいやめ
見つかって椎《しい》の実ほどにして逃げる

椎の実は男のソレ、美しい女の盛りも短いが、あれほど逞しかった亭主の筋金入りも、落日が来る。すると強精剤に頼ろうとする。それを売るいかがわしい店を四ツ目屋と呼んだ、長寿丸《ちょうじゅがん》や地黄丸《ぢおうがん》である。

〇〇〇〇

目を四つ併せて泣き出すいい薬
四つ目を合わせて死にます行きますの
あべこべさ長寿丸で死ぬと言い
ああ仁が少ないかな地黄丸

論語の「巧言令色鮮なし仁《こうげんれいしょくすくなしじん》」（うまく言葉を使っておべっかを言う人は心ある人が少ない）。当時、男の精の源は腎臓と考えられていたため、仁に掛けた名句。やがて薬も効かなくなり、男は矛を収める時が来る。

○女房の機嫌取り取り弱るなり
○奢《オゴ》るヘノコ久しからず腎虚《じんきょ》なり
○すりこぎのようにはならぬ愚図郎兵衛《ぐずろべえ》
○今は只小便だけの道具なり
○爺《じい》さんと婆《ばあ》さん寝たら寝たっきり

「少女クジラ」と水冷式の話

落語に「鯨《くじら》を釣る」と言うのがある。途方もない大法螺《おおほら》吹《ふ》きの話である。我ら釣り師も、常識を超えた大仕掛けを見ると、「クジラでも釣る気か」と言ったりする。

元よりクジラは魚ではない。れっきとした哺乳動物で、繁殖も魚のような卵生や卵胎生ではない。メスはオスと交尾して、身ごもり、妊娠期間は種類によって異なるが、一年ないしそれ以上である。子どもは母乳で育てる。最大級のシロナガスクジラは全長三五メートルにもなり、当然地球最大の哺乳動物である。

さればクジラの持ち物、まことにもって興味シンシン。

実は吾輩、クジラのお道具をこれまでに三回も拝見する機会に恵まれた。

最初に見たのは二〇代の頃、和歌山・太地のくじらの博物館であった。

それはマンモスの牙を思わせる、見事に反り返った一物の剥製《はくせい》であった。長さは人の体長ほどもあったが、四五年も前のことで、残念ながらメスの器官を見た記憶がない。

二度目は大阪の万博記念公園のクジラ博覧会であった。オス、メス何れもホルマリン漬けにしてあったが、オスのソレは一・五メートル近くあり、メスのそれは残念ながら文章にするほど鮮明ではなかった。

当時まだ二〇代半ばの独身で、当日はデートで行った記憶がある。

生意気な顔をした青年と、屁もこかないほどのすまし顔の彼女とが、まあ博覧会場を歩いていた訳である。

三度目は、何かのアトラクションの「鯨の解体ショー」だった。

冷凍した六メートルほどのゴンドウクジラ一頭を、展示した後で解体し、即売するイベントであった。

クジラは漆黒《しっこく》で、表面はコードバン（最高級の馬革）のように弾力がありツルツルとして鈍《にぶ》く光っていた。

会場の担当者が知り合いであったから、見学者の途切れた時に、「朕茂チャン、このクジラ、メスやで」と証拠《しょうこ》の部分を示してくれた。

腹側の下の部分を両手でぐっと開いたのだ。

「なんと」オイラは思わず息をのんだ。

「ウーン」驚きというより感動である。ナントそっくりなのである。

同じ哺乳動物とはいえ、我らは霊長類の中の人類である。片や霊長類にも劣らぬ知能や感情を持つともいわれるクジラは、海の中でオキアミやイカを食っている、足もなければ股もない、陸にさえ上がれない海生哺乳動物である。

それが我らの相方とそっくりなソレを持っている。逆三角形のヘアーは生えていないが、表皮全体が真っ黒で、その内側は薄いピンク色だった。

ふっくらとした丘、その内側に楚々とした連山があり、出会ったところに見事なマメもあった。玉門はしっかりと閉じて美しく見える。

「これは少女クジラではあるまいか」、吾輩はいたく感動した。

その後、図書館に行って調べたところ、果たして、一八二七年オーステンデ港東方に打ち上げられたクジラの図解図にメスクジラの外性器の写生図が掲載されていた。

ベルギー人の科学者が記事を書き添えていた。

「陰門をざっと調べただけで、人間の女性の生殖器にとてもよく似ている」

聞けば女性も潮を吹く者がいるとか、されば人間もどこかにクジラのＤＮＡと共有するところがあるのやもしれぬ。

クジラをはじめ、シャチ、イルカ、セイウチ、アザラシ、マナティ、ジュゴン、これら海獣類等も哺乳類であるが、他の陸生哺乳動物に比べて大きな違いがある。それはオスのタマタマが体内にあることだ。

クジラが金玉をぶら下げて泳いでいたとか、海底の岩にソレをしたたかに打ち付け股《また》ぐらをヒレで抑え、尾ビレでケンケンをしているような話は聞いたことがない。

彼ら海獣のタマタマは体内に格納され、お陰で水の抵抗もなく、スイスイと泳げるのである。考えてもみてくれ、クジラは一気に潜水する時、尾ビレを水面高く跳《は》ね上げ反動をつけて海底深く潜っていく。あの時に、オスのタマタマがぶらーんと見えたのでは格好がつかんではないか。

ご存知のように、オスの精子は低温に保たねばならぬが、陸生哺乳類のオスが空冷式であるのに比べ、水冷式の彼らは体外で冷やす必要がないからである。

大学教養部の頃、数学の教授が珍しく芸術の話をしておった。

「若い女性の裸体ほど美しいものはない、鍛《きた》えた男性の裸も美しい、それは完成された数学の方程式の如く完璧な美しさである。しかし金玉だけはバランス的にも不細工《ぶさいく》だ。あれなら吊し柿の方がまだいい。芸術家も、アレを作品の対象にしないだろう。キンタマは万物創造主の唯一の失敗作だな」

教授はそう宣《のたま》うた。

港にある小さな公園で、野良犬のケンカを見たことがある。

貧弱な野良が二匹残飯をあさっていた。そこへ倍以上もありそうな大きなオス犬がやって来た。

たちまち残飯をめぐって争いが起き、大きい方が小さい二匹を蹴散《けち》らし横取りした。

次の一瞬痩せた二匹が前後から襲い掛かった。前の犬に気を取られた隙《すき》に、後ろの奴が大型犬の股間に見事にかぶりついたのだ。声にならない悲鳴を上げ、五、六メートルも引きずる、もう一匹は耳に咬《か》みついておる。転げまわる。断末魔《だんまつま》の鳴き声。漸《ようや》く離れた。大型がよたよたと逃げる、一〇メートルも行って座り込んで患部《かんぶ》をなめる。また逃げてまた舐《な》める。その様があまりにも惨めで、カッコ悪い。近くのベンチで見ていた二人のおばさんが目を剥《む》いてる。

オイラの存在に気づき、クスクス。

ああ、何たる無防備なタマタマよ。

禿げ頭を救う「生体陰毛移植」⁉

釣り場で竿を振っている時だけが釣りではない。

親しい釣友からの電話を受けている時、釣り日記の記録を読み返す時、そろそろシーズンになると思いを巡らせる時、仕事や行事の都合を考えながら、次の釣行の計画を立てる時、これら全てが釣りの延長線上にある楽しい時間だ。

先日も古いグラスの磯竿を整理していて、ひょんなことを思い付いた。短くして、メバルの船用胴突き竿に改造するのだ。無論全て自分でする。その時間が楽しい。結果は大成功だった。反発力の強いカーボンに比べて、グラスの柔らかなしなりが、メバルの食い込みに断然いい。

四十年も昔の磯釣り用のグラスロッド、「大島」「黒潮」「秩父」といった名竿《めいかん》を改造するのは名残惜しかったが、メバル釣りには最適だ。

凝《こ》る人は手許の部分をカーボンにするとなお良くなる。

釣り仲間の忘年会で、この話を得々として喋《しゃべ》ったところ、

「グラスにカーボンを継ぐとは、バランス的に感心しない」と異論が出た。「チョン切れたヘノコが数時間経っても、元通りに接続できる時代です、グラスにカーボンなど全く問題ない」と無理やり理屈をつけて、反論に加わる人もおる。チョン切れたヘノコとは、アメリカで起きた事件のことだ。暴力夫に頭にきた妻が、旦那のソレをナイフで切り取り、車の窓から捨てたというあの話である。

我ら釣り仲間の話は予想もしないところから始まり、大飛躍《だいひやく》をするところに問題があるが、それはさておき、移植手術の盛んな昨今、心臓や肝臓、腎臓の移植に比べたら、体の外部に飛び出た突起物の移植手術など外科医にとってなんの造作もないことであろう。万一失敗したところで生命に危険はない。されば、案外と気楽な手術なのかもしれぬ。

突起とくれば、「へこみ」陥没側《かんぼつがわ》も取り上げねばなるまい。古事記に言うところの、「成り成りて成《な》り余れるところ」と「成り成りて成《な》り合はざるところ」のお話である。

昨今、ミスターレディーと称して、盛んにテレビで拝見しておるが、心底女性に生まれ変わりたい彼女らにとって、股間のぶらぶらはまさに悲劇的、決定的問題だ。

下着から始まって、化粧も艶《あで》やかに完ぺきな女装をしても、股間のもっこりを思い出した時、彼女たちを絶望的な孤独感が襲《おそ》うはずである。

そこで彼女たちは、資金を貯め、海外に渡り、玉を抜き、不要な突起物を切り落とし、そこへ縦穴をしつらえるのである。

縦穴は本人の腸の一部を移植し、その他諸々の形を作り上げる。その奥にある子宮や卵巣は人工的には作れないが、大切な部分はふっくらととても綺麗《きれい》な出来栄えになるという。

しかし手術が終わったからといって安心はできない。実はここからが大変なのだ。放っておいたら折角の縦穴が癒着《ゆちゃく》してしまう。

手術の終わったその時から、痛いのを我慢して何かを入れて、癒着を防止しなければならない。術後の麻酔切れの痛さと重なって、血と涙の物語なのだ。

オイラは真剣に申し上げる。ＬＧＢＴの方たちの人権尊重を言うなら性同一性障害者の性転換手術を保険医療対象にすべきである。これは至極当然な主張である（二〇一八年四月より保険医療対象となった）。

桜木紫乃著『緋《ひ》の河』を読んだ。美人でスタイル抜群のカルーセル麻紀さんをモデルにした小説だ。彼女の苦悩は無論その積極的な生き方に感動した。「性同一性障害」だった彼女は外国で手術を受け、同じ悩みと苦悩を抱える人たちのために、マスコミにも登場し、公人として強く生きたのである。

これは麻紀さんとは別人の話だが、芥川賞作家・吉行淳之介とその出来上がり具合を見学した、漫画家・福地泡介が「何ら変わらない、実に立派な出来栄え」と報告しておるが、男性側からの使用感に関する報告、即ち「キンチャク、タコツボ、愛宕山」等の評価報告はなく、わずかに改築者・ミスターレディーの「玉がなくなってから、昔のようなイキ方（射精感）がなくなったけど、女として愛されているという精神的な満足感がある」とやや寂しげな言葉が印象的だ。

されば女性のソノ物をスッパリと全面的に移植した人がおる。女性の物を男性に移植したのであれば、話題はさらに劇的であるが、今回は女から女への移植であった。

平成六年一〇月二一日のサンケイスポーツ紙に依《よ》れば、ギリシャ、サロニカ大学のニコラス・ババニコフ教授が、母から二一歳の娘への移植手術に成功したと、高らかに報告しておる。

娘のソレが使用に耐えられない状態であった為（無穴症）長年使用し、これからも使用可能な状態でありながら、当事者本人はともかく、当事者の相手方が使用しなくなったため、母親のソレを娘に移植したのである。母親の心情を察すると実に感慨深いものがある。

吾輩がコレらのことをトオトオと喋っていたところ、

「朕茂ハン、そんなになんでも移植できるなら、頭の毛移植できませんか？」

と薬屋のヤマさん。

「昔から、薬屋のオヤジは禿頭と決まっている」（ヤマさん談）

彼は自分のためにも悩むだけでなく、お客に育毛剤を売る時、

「私も薄いんですけど、これが新しくていいらしいです」

といつも照れ臭そうに話している。

「禿頭に毛の移植、これはいい」

「誰の頭から？　死んだ人のは嫌ですよ」

「違います、ヘアヌード！　ホラ、女の人最近バカバカ見せるアソコの毛、アレを移植したらいい」

「コレは名案、それはいい、元々要らんもんですから」

「最近欧米の女の人、奇麗《きれい》に抜いてツルツル」

「永久脱毛も流行してます」

「大変だ、早くしないと、日本女性もマネします」

「多い人なら男二人分に使えますよ」

「そうです、そうです」

「しかし、真ん中に割れ目の筋が問題です」

「大丈夫、あそこで七・三に分けたらいい」

「長生きしてよかった、遂に禿げともお別れです」

「あんなところに隠して、誰も気付きません、これ保険医療になりませんか」

ぢ主にオカマはつとまらぬ

ものの本によれば、この広い自然界において、動物のメスとオスの数の比率は一対一、つまり、ほぼ等比であることが多いという。

これを説明したのが「フィッシャーの原理」である。

これは、多くの生物で安定した性比が何故一対一になるのか、究極的な理由を説明した原理である。

多くの生物が雌雄の数を均等化し、バランスをとって安定化しようとする自然な均等化現象は、絶対的で融通《ゆうずう》性のないものではなく、気候の変化や様々な自然現象、戦争などの社会現象に応じて、メスが増えたりオスが増えたりするものと思われる。

もとより性の決定は性染色体の複雑な組み合わせにより決定されるものであるが、このメカニズムのさじ加減はまことに微妙で、メスにもオスの要素が、オスにもメスの要素が多かれ少なかれ、含まれるようになっている。

即ちメスなのにかなり多めにオスの要素を、反対にオスなのに多めのメスの要素を持っていたりもする。

これを人間の場合を例にとって説明すると、通常人間には四六個の染色体があるが、性を決定するのはその中の二個で、これを性染色体と呼んでいる。

性染色体には二種類あり大きい方をX染色体、小さい方をY染色体と言う。

X染色体が二個重なった時に（XX）女となり、XとYが重なった時に（XY）男となる。

分かりやすく解説すると、お父さんの中で作られる精子は、XかYの何れか二種類の精子として作られる。

一方お母さんの方では全てX染色体一個を持った卵子が作られる。かくしてお父さんとお母さんがひと汗かくことにより、お父さんから発射された一回凡そ三万個のXY二種類の精子が、Xの卵子の元へ泳ぎ着き、めでたく受精となる。X
Xならお姫さん、XYなら王子さんである。

X×X＝XX（女性）　　X×Y＝XY（男性）　　以上は常識的状態であるが、

偶《まれ》に非常識的受精が起きることがある。

例えば、四六個であるべき染色体がそれより多かったり、少なかったり、二個あるべき性染色体が三個あったり、一個しかなかったりする場合がある。

このような時に、異常が起きる。外見は男性であるのに内性器が女性であったり、その逆が起こったりする。あるいは外性器が男女どちらとも取れない、半陰《はんいん》陽《よう》の場合もある。さらに非常に珍しいケースであるが、両性器具《ぐ》有《ゆう》もある。へそに近い方に男性器、その下に女性器を具有している。既に舶来のポルノビデオでご存知の方もあろうが、我が国においてもこの記録がある。確か戦国時代以前の戯《ぎ》画《が》にはっきりと書き残されていた。

現代では医学的解明がなされ、できるだけ早い時期に本来の形になるよう、外科的手術がなされるようになった。

かくの如く人間の場合はいささか複雑であるが、生物界全般では性の転換という現象はしばしば見られる。下等な生物ほどこの現象は著しい。

例えば「貝ボタン」の原料として有名な「シロチョウガイ」は若いうちは

オス→メス→オスと性が変わり、三年目に落ち着いて性比が等しくなる。カキの類もオスになったりメスになったりするそうである。

魚類では釣り師に人気のある、「チヌ・黒鯛」がそうである。生後一年ぐらいまでは全てオスであるが、それを過ぎると両性となり（三年〜五年）経過するとオス、メスに分かれて一対一の等比となる。したがって夏場、数釣りを楽しむころのチヌは両性のチヌである。両性とは雌雄同体のことで、体内に雌雄両方の器官を有していることである。卵子を作る卵巣があり、精子を作る精嚢《せいのう》がある。こう聞けば、自分だけで繁殖活動ができると錯覚するが、それは不可能で、必ず他の個体と生殖を行う。これらの生物はメスもなければオスもない、お互いがその役目を果たしている。

釣り餌の「ミミズ」、木の葉にいる「カタツムリ」「ウミウシやアメフラシ」などが代表選手である。

オイラは鳴門でメバルの夜釣りをしている時、アメフラシの交尾を観察したことがある。

六月、漁港の船溜まりの突堤にある明るい常夜灯の下だった。三〇センチもある大きなアメフラシがまぐわっていた。二匹は巴に組んで渦《うず》を巻くようにゆったりと回っていた。よく見ると双方とも自分の器官を相手の体内に差し込んでいる。やや斜めに向かい合わせているから、その部分がよく見える。

柔らかい体を動かしながら、しっかりと結合している。水の中でぬるぬるとしているだろう二匹の静かな動きは、えも言われぬ妖艶《ようえん》な一瞬を醸《かも》し出していた。釣りをしながらのことであるから、最後を見届けることはできなかったが、一〇分や二〇分ではなかった。たかがアメフラシの交尾なれど、なかなかの圧巻《あっかん》であった。

近頃はテレビにニューハーフがやたらと登場する。世を忍んで日陰の身と言う奥ゆかしい言葉は死語に近い。

おかまの語源は、「月夜に釜を抜く」から来たという説がある。

この諺の本来の意味は、泥棒は闇夜に活動するものだが、「明るい月夜に飯炊き釜を取られること」、即ちひどく油断すること、不注意きわまりないことの例えである。

一方「明るい月の光に釜をささげて、水漏れする穴を見つける」情景から、「月夜」は女の生理日で、前がダメなら後ろの穴ということから、後ろの穴使いをオカマと言ったのである。

本屋で「おかま」の解説書を立ち読みした。「肛門性交では直腸の内壁を隔てて前立腺を刺激し絶頂に至る」そうで、現役のおかまのコメントも書いてあった。「男役もしたわ、でもされる方が何倍もいい」。かくして、おかまに目覚めた者は二度と男に戻れないのである。

先頃この話をクラブの「お姉さん」にしたところ、

「朕茂チャンも、お尻試してみたら」

「ああ、一度やられてみてエ」

だがはてさて、こればっかりは、大きな声では言えないが、オイラは名うての「痔主《じぬし》、である、痔主にオカマはつとまらぬ」

第三章

女はそれを我慢できない!?

したい、したい、好きものの女

心を許したフレンドに、それは、それは、好きものの女がいる。

一九や二〇の駆け出しのネーチャンではないゾ。知的で品の良いマダムである。美しく歳を重ね、横から見ると多少下腹が出ているが、ソレはソレ、なかなかの貫録である。今様の言い方をすれば、もうジュクジュクの熟女である。

「行く?」と声掛けしたり、電話連絡を入れたりすると、嬉しさを隠しきれず、いそいそとついて来る。待ってましたという態度がなんとも可愛らしい。言っておくが人妻である、しかも旦那公認とくる。

「好きこそものの上手なり」。上手なんだな、これが。

ほどよい太さのソレを握らせるともう離さない。穴に入れる時には腰を振る、うまく入らないと、もう一度最初からやり直す。

時々ため息を吐いたり、感極まって声を挙げる。うまくいくと、足をばたつかせ、歓喜の表情も激しい、女とはそういうものだ。

「もういいだろう」と言っても、もう少し、もうちょっと、と言って離さない。こんな好き者の女が二人、いつも二人一緒なのだ、オイラも名うての好き者だが、二回まではよかったが、三回目には音を上げた、とてもじゃないがつとまらぬ。いつだったか、朝の六時から始まって、ろくに飯も食わず、探って、探って、探りまくる。仕込んだのはオイラだけど、一度女が好きになると大変だゾ、皆の衆、あーあ参ったナー……。

えっ、何！　なにを勘違いしておる、釣りだ、めちゃめちゃ釣り好きのおばさんたちのことである。

知り合いのオヤジに頼まれた。
「女房と、その友達をアカチン（カサゴ）釣りに連れてってくれ」
渡船で沖の石積み堤防に同行したら、よく釣れた。だが、渡船の迎え時間が気に入らない、もっとゆっくり釣りたいという。車で行ける、地波止《じばと》へ案内したら、また釣れた。ビギナーズラックは釣りの世界によくあることだ。

オイラが彼女たちに教えたのは、堤防の外側に積まれた、テトラポッドの穴をねらう「カサゴ（ガシラ）の穴釣り」である。

堤防の上だから足場がいい。テトラの中は魚の巣、間違いなく魚がいる。

三メートルほどの、短い竿で、穴釣りをしている人をたまに見かけるが、簡単そうでむずかしい。

「テトラの穴釣りのコツ」が一つだけある。それは五・三メートルの磯竿を使うことなのだ。重要なことは、道糸を始めから六・五メートルほどに出しておくことだ。それをていねいに目指す穴に底まで入れて行く。入らなければ入る穴を探す。とにかく底まで入れなければ釣りにならない。カサゴのような根魚は底にお る。短い竿では、入った深さが分からない。だから長い竿を使うのだ。


（亡き師匠・田口名人考案の仕掛け）

竿………磯竿五・三メートル・硬度一・五〜二号。

道糸………五号。

鉛………中通し鉛、五〜六号。

ハリス……三号、五～六センチ。

針……………丸セイゴ　一五～一六号。

エサ……ボイルのオキアミL。


穴釣りで釣るカサゴは型が揃う、慣れれば、五～六時間で三〇匹余りは釣れる。たまに三〇センチのアコウも混じる。カサゴやアコウは食べて美味しい。他人にあげても喜ばれる。


さて、ずいぶん昔の話だが、テレビで中学校長のストリップ見学が話題になっていた。無念の校長のために、不肖・朕茂短竿一言呈したい。

明らかに写真週刊誌やテレビなどによる、プライバシー侵害である。校長にとって堂々のアフターファァイブであり、合法的に入場料を払って見学しただけである。教育者が、ストリップを観てはならぬという決まりはない。成人した男がストリップを観て何が悪い。吾輩はそう確信しておる。

確かにHとか好き者と言われることは、品の良いことではないが、人の弱みに付け込んで、如何にも正義漢ぶって、他人のプライバシーを暴き立てる、校長が一言の弁明もできぬことを見据え、社会の晒《さら》しものにする。まさに「殺人未遂」にも等しい暴挙である。こういう偽善者の行為を許せんのである。

大岡越前守忠相《おおおかえちぜんかみただすけ》に「人は一生スケベである」と教えた母は元より、『失楽園』の著者で、外科医であった渡辺淳一は、

「男の挿入願望は、いわばオスのＤＮＡに組み込まれた本能で、売春というビジネスが成り立つのも、その性的ボルテージをなだめるための一つの手段である」と何かの本に書いていた。

お分かりか？　我ら男がスケベであるのは、別に恥ずかしいことではない。自分の修行の未熟さや、学問の未完成によるものではない。我ら男は、生まれた時から、ひたすら女を求め、その中心に向かって突き進むように遺伝子にプログラムされているだけなのである。

もしこのオスのエネルギーを否定するなら、オスの存在そのものを否定することになるのである。

あの『文春』が絶賛！『日本女性の外性器』

ヒヤーッ、マイッタ、参った！　降参だ！　白旗だ！

読者諸君、釣友諸兄！　見たか、聞いたか、読んだか、どうだ。

『日本女性の外性器』８０００例のド迫力。

これは平成七年九月二一日号『週刊文春』の特集記事である。


釣友に会うや否や、この週刊誌を渡された、オイラも新聞の太字広告で知っていたが、瞬く間の売り切れでまだ見ていなかったのである。

「朕茂、お前ヘンなもの書いてるから役に立つやろ」

オイラには優しい友がおるのだ。

見開きの左右二ページに、表記の大文字が躍《おど》っていた。

取材した記者の慌《あわ》てぶりは相当なもので、

「日本女性の外性器……統計学的形態論」。思わずのけぞりそうなタイトルだが、この本の広告が、朝日新聞に掲載されたのは、八月一九日のこと。広告には推薦の言葉も添えられていた。

「大変な労作、八〇〇〇例の例数は類を見ない。これを凌駕《りょうが》する研究は不可能だろう。本書の特徴は、外性器と体型要素との関連を科学的、統計的にまとめたことである。民俗学的に貴重な研究で、医学上有害・無益な書が氾濫《はんらん》する中、医師はもとより、性の尊厳を求める人々に必見の書と思われる」（元小山市民病院院長・石濱淳美）

つまり八千人分の女性器の形、色、大きさを徹底的に調べまくったうえで、事細かに分析したという途轍《とてつ》もない本が出版されたのである。

科学とは学問とは、全て分析から始まる。事細かに分類・分析することで、物質、物事の本質が明らかになるからである。

取材によれば、出版元は「フリープレスサービス」。主にキリスト教関係の本を出しているお堅い出版社。お値段は、箱入り一冊約三万円。

週刊文春の書評の第一声は「これまでの日本で出版されたヘアヌード写真集が全て集まって、参りましたと土下座するほどの迫力」とある。

第二声は「モノクロ写真はまだいい、言ってる側から、カラー写真地帯に突入」

さらに、出版社の談、

「色校正《いろこうせい》も大変でした。天地が逆でもなかなか気が付かない」

ここで江戸小咄《こばなし》を、

河原に女の土左衛門が上がった。あまり重いので、棺桶《かんおけ》（今の寝棺《ねがん》と違い、当時は桶）に頭から放り込んで蓋《ふた》をしておいた。やがて、検視《けんし》の役人が来て「女だと聞いてきたが、首のない男ではないか、胸毛が生えておる」

アソコは見る角度により天地が逆さになるかも

思えば中学生の頃、どんなものでもいいからとにかく見たかった聖域《せいいき》が、大行進しているのである。

記者の回想談は感動的だ。吾輩にも覚えがあるぞ。

ニキビが一つ二つと出始めた頃、毛もわずかに生えかけていた。あの頃、なんでもいいから見たい一心であった。アソコは一体どうなっているのか、人生の苦悩の出発点のような気がして、それはもう、真剣に思い悩んだのである。

「それが千十二例も、これこそ、千一二万個というべきか？

著者は京都大学医学部出身・現滋賀県立医科大学助教授・笠井寛司　博士。

先生は三〇年以上に渡って、女性外性器の統計的分類に取り組み、今回八三三〇例の実例から、特徴的千一二例を選び出し、本書に掲載したものである」

無論写真ばかりではない、合間合間に活字のページがあり、記者によれば、「そこに新しい女性の神秘・新しい発見がある」と記している。

学問好きの吾輩もせめて一五か二〇若ければ、三万円を握りしめ早速にも本書を購入し、医学とやらの見聞を広めるのであるが、千一二万個の観賞はいささか多すぎる。

実は、笠井博士よりもずーと前、江戸時代、既に性器の分類をしていた御仁がおる。

恋川笑山《こいかわしょうざん》（柳水亭種清《りゅうすいていたねきよ》）の「旅枕《たびまくら》五十三次《つぎ》」に
「筑紫《ちくし》玉開《たまぼぼ》、相模尻早《さがみしりはや》、播磨鍋《はりまなべ》、備中土器《びっちゅうかわらけ》、出羽《でわ》は臭びつ、越後女の徳利開《とくりぼぼ》、長崎さね長、明石蛸《たこ》、浪花巾着《なにわきんちゃく》、京羽二重《はぶたえ》」とむかしの好色男の定めおきしは、その道の知者ともいうべし。そもそも男女交合の始めは、いざなぎ、いざなみの二柱。あまの浮橋にてみとの交合《まぐわい》を始められしこのかた今の世にいたり、日々新たにして、上下おしなべこの道を好まぬ者はさらになし……」

玉開は褒め言葉、尻早は尻軽、鍋は奥行きが浅い、土器は無毛、びつは女性器の古語・櫃、巾着は入り口が締まる、羽二重は小陰唇の豊かな発達を意味している。

無論全てに根拠のない記述である。

古人が付けたその他の分類に、

蛤《はまぐり》、雷《かみなり》、閂《かんぬき》、前垂《まえだ》れ、愛宕山《あたごやま》、毛長、広、下がり。

蛤は閉じた殻のように門の締まりが堅いもの。

雷は音がするもの。

閂は特別締まりのいいもの。

愛宕山は内部に山がある構造。

下がりは所謂下付き。

一休禅師の作と伝えられる詩に

百発毛頭擁丸痕　ひゃぱつもうとうがんこんをようす
漫雖有口更無言　みだりに口あると雖《いえど》も更に言うこと無し
一切衆生迷遥所　いっさいしゅうじょう迷うところ
十方諸仏出身門　じっぽうしょぶつ出身門

訳）一粒の真珠の様な物を、包むように毛が生い茂っている。
そこに物言わぬ口がある。
あらゆる男すべてが迷わずにいられぬ場所だが、
無理もない、お釈迦様をはじめ、尊い仏様たちでさえ、
そこから生まれたのだ。

（参考　西沢爽著『雑学猥学』）

魚名いろいろ、アレの名もいろいろ

釣りをしていると、いろいろなところへ行く。これまでに南は鹿児島県の枕崎から、北海道の長万部《おしゃまんべ》、噴火湾《ふんかわん》まで様々な釣りをしてきた。それぞれの地方、地方に行くと、風景は無論、言葉、特に魚名がいろいろで、それを採集すると釣りの楽しさが倍加する。

昭和四九年頃だった、福井県の常神岬《つねがみみさき》へ釣行した時のことだ。岬へ続く道は、曲がりくねった急峻な登りと急激な下りで、まだ舗装されてない赤土の道だったが、それでも岬の人たちはできたばかりの山越えの道を自慢そうに話してくれた。「これまでは、病院も旅行も役所も全て船だったが、道ができて、集落の人たちも車を持つようになり、何もかも便利で速くなった」

ラジオやテレビは早くから入っていたから、文化そのものが遅れていた訳ではないが、道ができるまでは、獲物の魚を含む物流の速度は、驚くほど遅かったに違いない。

思うに、遠い昔海辺の村落は、陸から道をつけて広がったのではなく、船便で拓《ひら》けて行ったのだろう。

鮭《サケ》、鰊《にしん》、鯛《たい》、鮪《まぐろ》、鰤《ぶり》、鰯《いわし》、鯵《あじ》、鯖《さば》、烏賊《いか》、蛸《たこ》、このような全国的に消費されたり、鱚《キス》、鰈《かれい》、黒鯛（チヌ）、メジナ（グレ）などのように釣りの対象になったりすると、早くから標準名に統一されるが、一方その地方だけで消費され、商業ベースに乗りにくい魚種は、いつまでも地方の呼び名が残ったのである。

一、標準名カサゴ
関西でガシラ、三重県でガシ、徳島でガガネ、広島、愛媛でホゴ、下関でカラコ、山口でボテコ、山陰でボッカ、岡山では赤メバル、赤チン、九州でアラカブ、ガラカブ、石川でガンガラバチメ、等々。

二、標準名メジナ

関西、四国でグレ、静岡でクシロ、ノリクシロ、九州全般でクロ、宮崎でクロダコ、島根でクロイオ、石川でクロバン、チカイ、チャイダイ、舞鶴でツカヤ、山形でナベワリ。

三、標準名イシダイ、幼魚を一般にサンバソウ、舞鶴でコロゲ、チョンコロバ、北陸、東北でシマダイ、成魚は四国でコウロウ、九州チシャ、ヒサ、三重県でナベ、山形、福井でナナギリ、京都でタカバ。

いろいろな魚の名前を数え上げると切りがないが、その地方、地方に独自の名前があり、それが淘汰《とうた》されることなく今日まで残って来たのであろう。

とまあ、民俗学的なことを、そこはかとなく考えていたところ、昔読んだ、慶応大学名誉教授・池田弥三郎の民俗学の本を思い出した。本棚から引っ張り出し、つらつら見るうち、その何である、女性のアソコの呼び名についても整理してあった。

吾輩は、生まれも育ちも関西で、したがってソノ名前は禁断の三文字しか知らずに育ってきた。

古いかどうかは分からぬが、古事記以後の書物に、以下の呼び名が記されているという。

「ホト＝陰」「ツビ＝粒」「クボ＝へこんでいる」「ビツ＝櫃」

このような民俗学の本を読むきっかけとなったのは、オイラが卒業した公立大学は全国八カ所で入学試験を行っていたことから、学生の出身地が九州から北海道まで様々だった。オイラは既にその頃から地方、地域別の方言収集に努め高尚なる「民俗学的考察」をしていたのである。


先般、松本修著『全国マン・チン分布考』を読んだ。

表紙の帯に、阿川佐和子さんの推薦文が付いておる。

「下品じゃない！　軽薄でもない！

この問題をこれほど真面目に分析解説した本が、かってあっただろうか」

佐和子さんの言葉の通りであった。淡々と書かれて嫌味がない。

池に石ころを投げた時にできる波紋《はもん》のように、京都の貴族言葉（文化）が地方へ伝わっていったと論じている（波紋伝搬説《はもんでんぱんせつ》）。

昔、まんじゅうと言えば、「蒸し饅頭」だった、それに「お」を付けて「おまん」と言っていた。

京都殿上人の女御《にょうご》たちは、白くふっくらと可愛い幼児のソレに「こ」を付けて幼児言葉として使っていたのである。それが波紋のように地方に伝わり、京都を中心とした大きな円の中に「まんじゅう」「おまんじゅう」として南は九州の西南地方と北は東北一円に今も残っている。

関東の禁断の四文字は、「まんじゅう」より内側の円に、関西の三文字はさらにその内側の円内で使われているのだ。

因《ちな》みに同書からその他の名前の一部を紹介する。

ダンベ、アンペ、オチョンチョン、チャンベ、ヘヘ、ベベ、ベッチョ、チャコ、オメサン、ホーミ、等々他多数。

三島由紀夫の青春小説『潮騒』は三重県・志摩半島・神島付近を舞台にしているが、「新治が初江と○○をした……」の下りは飾らないが、新鮮で美しい表現である。オイラは子どもの頃から知る禁断の三文字を、その時初めて「活字」で見たのであった。

あの時の鮮烈な記憶は忘れない。それは初めて知る文学との出会いであった。

もしかして、わたし名器かしら

古来より、その道その道に使われる「名器」というものがある。

国語辞典に、「名器」とは名高い優れた器物、と書いてある。

器物とは道具、器具のことであり、その道のプロフェッショナル、粋人《すいじん》によって使われている。

名器はそれぞれの道の達人によって鍛《きた》えられ、愛され後世に伝えられてきた。

例えば音楽の世界ではストラディバリウスのバイオリン。何世紀にもわたって、世界の音楽愛好家を魅了《みりょう》し、その演奏家を育てて来た。そして今なお魔法の音色を伝えている、これこそ名器の見本なのである。

外国にはゾーリンゲンの刃物やドイツの工具、チェコのガラス器等々があり、国内に目を転ずれば、南部の鉄器、北陸の漆器、関の刃物、長船の刀剣、各地有名な陶磁器、まだまだ挙げればきりがない。

我ら釣りの世界では紀州高野山の麓《ふもと》・橋本の竹竿も名器の一つである。

渓流《けいりゅう》釣り師やへら釣り師なら知る人ぞ知る名竿・橋本竿なのである。

橋本竿は天然の竹でできている。永年の経験と伝統を受け継いだ、軽く粘りのある「へら竿」である。愛好者に聞くと、特に手許に伝わる魚信の感覚がいいという。釣り糸と竿が一本の線となって、そのまま手許に伝わる。「へら」を掛けた時、魚信を直に手指に感じることを指している。

俳優にして釣り竿を科学的に論じた釣り師・今は亡き山村聰によると、「振り込みの時は、針先までが竿であり、取り込みの時は手許までが糸である」と、竿というよりも、竿が手の一部になるという論評である。

因みに橋本竿の名品になると、百万円を軽く超えるものがざらと聞く。有名なのは、天才竿師・羽田旭匠《きょくじょう》。名竿・弧舟《こしゅう》の作者で名竿中の名竿とされている。

さて、竿師といえばもう一方の竿師《さおし》がおる。そう、アノ道の竿師である。話のレベルは一挙に落ちるが「ヘノコを振り回す竿師」のことである。

文豪、安部譲二先生の『塀の外の男と女たち』によると、スケコマシと並んで、女をシノギにするゴロツキの仕事に「竿師」があるといいます。

これはチンポコ一振りで女をメロメロにし、しこたま女から貢《みつ》がせる手合いです。

先生によると、スケコマシと竿師は違う。

若い女、もしくは素人のこれからという女をたぶらかすのがスケコマシ。

一方竿師が相手にするのは素人ではない、男もお金も知り尽くした、水商売や風俗営業の中でもベテランと呼ばれる女たち、例えばソープランドで三年働いて、数千万円貯め込んで、さあこれから美容院でもやろうか、炉端焼きでも開こうか、という姉さんから、まるで魔法にでもかけたようにお金を引き出させる、それが竿師の本領である。

しかし、竿師といいながら、決して竿が立派だとか、脂ぎった性欲の塊のような男ではない。むしろ「つくしんぼうかアスパラのでき損ない」みたいなチンボコをした「ひ弱な男」と書いてある。

注目すべきは、女をメロメロにするのは竿の優劣ではないと断言していることだ。

ところが男たちは竿磨きに熱中する。真珠を入れたり、シリコンボールを入れたり、それはまあ真剣に努力する。しかしあれは無駄なことらしい。安部譲二先生も経験者として書いておられる。

「ムショ暮らしの最後の記念にぜひにと勧められ、一個入れたがシャバの女たちの評判はよくない」

「なんて馬鹿なことをしたの、それは子どもの遊びよ、もう絶対にやめなさい」

とカミサンから叱られたのだ。

オイラも、大阪ミナミのキャバレーで、ねーちゃんの口から直に聞いた。

「あんなの気持ち悪くて、痛いだけよ。痛くてヒーヒー言うと、勘違いしたバカが、余計にハッスル。もうこりごり」

真珠が良いというのは男性側からの発表だけで、「真珠はいいわよ」と言う女性側のお墨付きはないのである。

ここに決定的な女性の証言がある。

一八〇〇人の男性器を手にした元風俗嬢・山口みずか著『性器末コレクショ

ン』に「大きさに自信を持ったり、コンプレックスを持ったりする男性の如何に多いことか、そしてそれが如何に無意味なことか」

愛染恭子女史も、「エラの張った雁首《がんくび》の人とすると、エラが引っ掛かって痛くてよくない」と言う。

これは、元国策パルプ会長・南喜一が書いた風流夜話『ガマの聖談』と真反対の主張である。即ち男の主張と、女の言い分が真正面から対立しているのである。しからば何れが正しいのか？　答えは簡単である。男の主張は、多分そうだろうという「推量」であり、女の言い分は、私がそう感じたという「結果」だからである。

愛染恭子女史の主張は、この際インターナショナル・セックスアカデミーのプロフェッサー論文として、ネイチャー誌に掲載されるべきものと考えるのである。

かくして男たちは自助努力を諦《あきら》め、女たちにおべっかを使う作戦に出る。

「君のはとても具合がいい」

言われた女性は、

「私、よく名器と言われるの」

すると「私のはどうだろう」と不安を持つ一団が現れる。

こうして女性の間で名器症候群（名器シンドローム）現象が起きる。

敏感なのは女性誌だ。

名器判別法、名器養成講座（名器になるためのエクササイズ）が特集される。ブームの起きたきっかけは、女性向けベストセラー、オリビア・セントクレア女史の『ジョアンナの愛し方Ⅱ』に
「ＰＣ筋は女性の最大の武器」というくだりがあるそうで、ＰＣ筋とは恥骨《ちこつ》から尾てい骨の間を走っている筋のことで、これが性器やアヌスをしっかりと支えている。これを自由に締《し》めたり緩《ゆる》めたりすることで、女性の名器ができるというのである。以下はそのエクササイズ。
（一）マスターベーションをする時、指をホールに差し込み、奥の方と、入口の方に分けて、ＰＣ筋の力の入れ加減を訓練すれば、入口の方を締めたり奥の方を締めたり自由にできるようになる。
（二）オシッコを途中で止める訓練が有効である。

（三）タンポンを入れてこれを引き抜きながら訓練に励む。
（四）お風呂に入った時、足を開いて筋肉を緩《ゆる》め、お湯をホールに吸い込む、これを奥から徐々に出す訓練をする。
（五）石や木でできた直径二・五センチ位の玉をホールに入れて、立っても落とさないよう、抱え込む訓練をする。

どうだ、諸君！　空恐ろしい時代になって来たぞ、オイラたちが温泉旅行で見た、花電車、あれが全国女性の必須科目になりつつある。このエクササイズはまさに花電車養成講座に他ならぬ。

援助交際・パパ活などと言ってたら、今度はＰＣ筋！　我らはすっかり黄昏《たそがれ》で、吊るし柿に唐辛子《とうがらし》というに、女たちはＰＣ体操、あーあ、大変だ！

シジミ、ハマグリ、赤貝、似たり貝

チヌ（黒鯛）釣りの餌の一つに、アケミ貝がある。

以前は筏《いかだ》釣り専門の餌であったが、今は堤防や磯でも使っている。

むき身にしたり、半貝にしたり、丸貝のまま使ったりする。

丸貝は貝の合わせ目に少し傷をつけ、そこから針を差し込む。アケミ貝の形はそのままで、フグやカワハギなど餌取りの多い時期の釣りには実に効果的な餌だ。

チヌはアケミ貝の殻をバリッとまるで煎餅《せんべい》を食べるように割ってしまう。

固い殻《から》を割って出て来た剥き身を、無警戒に一飲みにするから食い込みはまことにいい。

貝類の餌は他にもある、シジミの剥《む》き身でハゼやキスを釣る。

山陰地方でもアサリの剥き身でキス、チヌ、グレを釣る。

和歌山ではガンガラ（海岸にいるタニシのような巻貝）でグレでもなんでも釣る。

紫イガイではサンバソウやチヌを釣る。とかく貝類は釣り人に縁が深い。

オイラが育った中国山地の川にイシ貝がいた。イシ貝は見た目はどぶ貝に似ている。どぶ貝は三〇センチにもなる大型の淡水二枚貝で、沼や大川の下流近くに生息している。

一方イシ貝はせいぜい七センチほどで、水に隠れた土手の下、半分土に刺さるように入り込んでいる。

夏になると子どもたちはこの貝を取った。掘れ込んだ土手の下に腕まくりした手を差し込んで、指先の感触で探す。取ったイシ貝は井戸水で二、三日泥《どろ》を吐かせてから、金網に乗せて焼く。貝が口を開けると中に塩を少し入れる。水気がなくなるまで焼いて食べた。折からの食糧難の時代で、貴重なたんぱく源だったのか香ばしい味を覚えている。

実は「イシ貝」という標準名を知ったのは最近で、田舎ではもっぱら「立ち貝」と言っていた。広島弁では「タチギャー」と訛るのであるが、ある時、何故「立ち貝」と呼ぶのか考えた。

この貝は水の中にいる時、蝶番《ちょうつがい》の部分を上にして土の中に潜っている。海のアサリやハマグリが横向きになっているのに比べ、立っているから「立ち貝」と理解したのである。しかし女の子たちは決してこの名前を口にしなかった。

物心ついた頃「立ち貝」が女性のアソコに掛けてある隠語であることが分かって来た。

「イシ貝」の小さい頃は貝殻の外側が薄茶色であるが、六センチほどになると黒くなる。

口を開けると貝殻の内側は薄ピンク掛かった真珠色で、中に長めのベロ、いや足、それを挟《はさ》むようにひも状の外套膜《がいとうまく》がある。この貝が縦を向いて口を開けると紛らわしいこととなる。「立ち貝」とはまさに言い得て妙なのである。

平林啓子氏の『男のしらない女の話』に「にたり貝」の話が書いてある。

「開き加減《かげん》の口の際に、黒い毛のような物が生えていて、その隙間《すきま》からにょろりと棒状の物を出している」と描写が鋭い。

この際それが似ているか似ていないか、女性の立場から見た的確な判断を期待したのだが、まるで総理大臣の国会答弁を読むようで残念至極《しごく》であった。

下手に似ているなどというと、女性でありながら、全女性を敵に回しかねないから、わざとぼやけた言い回しをしたのかも知れぬ。

「貴女は一体何を基準として似ているなどと断定的なことを言うのですか」「女性の体の一部を、男性に同調して、悪ふざけの種にするとは許しません」

「にたり貝」とは「イガイ」のことである。これをホルマリン漬けにして瓶《びん》に入れ「にたり貝」として観光地等で売っていた。「清少納言《せいしょうなごん》の落とし物」などと称したところもあったようである。

ところで、女性はその配置と構造の関係上、自分自身では確認の不可能な状況にあるからして、手鏡とか、鏡を跨《また》ぐとか、仰向《あおむ》けに寝転がって三面鏡を両足で挟むとか？　いや、そのなんだ！　他人事ながら思いも掛けぬほどむずかしい状況にあると思っておる。

古くは卑弥呼の御代《みよ》、鏡は神の御神体であり、神の化身でもある故に、股《また》ぐらを写すなど到底《とうてい》考えられぬことであったから、女性は自らを正確に知らぬまま今日に至った、と考えるのはちと考え過ぎか？

閑話休題、

話が脇道にそれてしまった。にたり貝を出すまでもなく、全ての貝は女性たちの隠しどころにすこぶる似ているのである。

先般も、オランダからはるばるやって来た、アートポルノの巨匠が、オイスターバーと称したパフォーマンスで、女性を裸にして逆立ちさせ、股のところに半貝の蠣《かき》を置いて見せたのである。

日本人を驚かせたつもりだろうが、我らはその程度のことはずーっと前から存じておった。

江戸小咄《こばなし》や川柳の世界では、女のソレは子どもの頃はシジミ、長じてはハマグリ、やがては赤貝に転じるものと決まっていた。

シジミは縮み貝・小さな貝の意であり、ハマグリは貝殻の色も様々で、艶やかな栗色のものは、その形や色も大きな栗に似ていることから、浜の栗の意味で

『ハマグリ』といったのである。

（参考　駒田信二著　『艶笑動物事典』）

もう何年も前のことだが、女性のソコの愛称を考えようという企画があったが、未だ決定打のないまま今日に至っている。

オイラが子どもの頃、近所の女の子が、「チンチ」と言っていたが、悪くない。

大阪のスナックで、誰かが「マンマンちゃん」と言っていた。

やはり文句が出た！　その後の『日本女性の外性器』

『日本女性の外性器』を真っ先に記事にしたのは、週刊文春だったが、他の週刊誌もこれほどの大事件を放っておく訳がない。性器の快著《かいちょ》とばかりに特集を組んだ。その結果、マスコミの宣伝効果甚大で、日本人の勉強好きと、医学探求の故なるか、定価三万円の医学書は瞬《また》く間に完売、増刷一〇〇〇冊も焼け石に水、売り切れ中につき只今予約受付中状態であるとか。

世の中、長期不況で銀行が倒産する時代に、なんとも景気のいい話である。福祉だ、公共事業だと、国債と名の付く借金財政を際限もなく続けるとはトンデモない。国の財政は健全なる収入で運営すべきである。

いっそこの際、財務省は『日本女性の外性器』の出版元になって、一手に販売しては如何であろう。さすれば内需拡大に繋がり一挙両得《いっきょりょうとく》である。

我が国は明治以来貿易立国であるから、笠井寛司先生には、以後アメリカ、イギリス、フランスなどへ出張して頂き、アメリカ女性の……、イギリス女性の……、と、続編を次々発表して頂き、そうだ中国、インド、インドネシアを先にすべきか。なんせ人口が多いから、印刷機が故障するほどの重版になる。楽しいではないか、商売のタネならいくらでもあるゾ！

ところがである、こういう楽しい話には、イチャモンをつける輩《やから》が必ずいる。週刊文春　平成七年一二月一四日号によると、笠井博士のもとへ、大津市の女性団体から、以下のような抗議文が送られて来た。

「前略、笠井寛司助教授が出版した『日本女性の外性器』に対し、いま全国から怒りと不安の声が上がっています。（中略）わたしたちは病気を治す為に、医療機関を信用し、医師を信頼し診察を受けています。特に産婦人科は、生命を生む女性にとって最も信頼すべき機関であります。この様な大切な機関で、笠井助教授は患者に無断で、「外性器」を撮影し、それを出版物に掲載《けいさい》して不特定多数の人々に向けて出版いたしました。このような行為は、わたしたち患者の医師への信頼を裏切るものであり、私たち女性の人権を著しく侵害するものであります」

団体名は滋賀医科大学・笠井助教授の著書『日本女性の外性器』に抗議する会。

大変だ！　ターイヘンなことになった。医学を真剣に研究する大学の先生の著書が、女性団体から、患者の医師に対する信頼を裏切り、しかも女性の人権を侵害していると告発されたのである。

それは全国各地から、怒りと不安の声となって、日本全土に広がっていると言っているのだ。

日本民族の半分以上が女性である。特に熟年以上は女ばっかりである。この女性連合が怒っているのだ。

古来より女は歴史を変えるという。我らとて、女房の機嫌が悪いとあれほど楽しみにしていた釣行計画を変更せざるを得ないことがある。

女が怒ると怖《こわ》いのはどこも同じ。

女性団体は言っている、

「医師を信頼して病気を治してもらうためなのに、患者の弱みにつけ込んで、無断で、しかもタダで撮影するとは許しません」

しかし笠井教授は学問の前に凛々《りり》しく立って堂々としておる。

「患者のソレは撮影しておりません。第一病気のソレは研究材料として不適当であります。何らかの疾患があったらデータとして役に立ちません」

女性団体も追及する、

「笠井先生に診察を受けた女性に、カーテンの向こうから『カシャ』というシャター音が聞こえた、と証言する人がいます」

残念ながら、この証言を事実として証明することはまことに困難である。「この本のこのページに掲載されているこの写真は、あの時に撮影された私の物です」と証明できないからである。何人も自分のモノでありながら、ソノ形態を正確に認識していないからである。

板倉教授（日本大学・法学部）によると、刑法一三四条一項、秘密漏示罪《ひみつろうじざい》（医師、弁護士が業務上知り得た情報を公表した場合の罪）更にプライバシーの侵害、他人に知られたくないモノを見られた時に告発する罪。「以上の法律に抵触《ていしょく》し、無断で撮影し、書籍に掲載したとなると「肖像権《しょうぞうけん》」の侵害に当たるが、誰の所有物であるか特定できなければ罪を問うことは現実問題として出来ない」

即ち、笠井博士を罰しようとすれば、女性たちは昔柳家金語楼が自分の顔を商標登録したように、それぞれのアソコの写真を撮り、特徴を細かに記載して、登録しなければならないのである。

「松本清一（日本性科学会会長）「日本の医学界で最も遅れている分野の研究である」

泌尿器科医師：「自分のアソコが異常な形をしていると思い込んで、手術で直してくれと来院する若い女性は意外と多い。「異常がない」と言っても容易に納得しない。そんな時見習い看護婦の格好をさせて、診察室で半日見学させると納得する。この本はこういう女性のカウンセリングにも活用できる」

ところで、古今東西あらゆる宗教において「性を超越することが」重大な課題であった。

神に帰依するには「性」が信仰の妨げになると考えられて来たからである。

仏教は無論のこと、キリスト教もイスラム教も同じであり、特に女性の「性」を秘匿《ひとく》しようとしたのである。

ところがその反作用として、真逆の考えが生まれた。快楽派と呼ばれる一団がそれである。

我が国では江戸時代に禁制となった、「真言密教・立川流」と呼ばれる宗派がそうであった。

性欲崇拝ともいえる立川流では、性交や性欲こそ菩薩の位であるとして、寺院内で乱交パーティーが行われていたと言う。

平安末期から室町時代にかけて流行し、江戸時代になってようやく禁制となった。この宗派の理論的根拠になったのが、真言密教の根本経典「理趣経《りしゅきょう》」である。

有難い経文の冒頭の下りを紹介しよう。

妙適《みょうてき》　清浄《せいじょう》の句《く》　是菩薩《これぼさつ》の位也《くらいなり》
慾箭《よくせん》　清浄の句　是菩薩の位也
觸《しょく》　清浄の句　是菩薩の位也
愛縛《あいばく》　清浄の句　是菩薩の位也

妙適とは、性交による恍惚の境地のこと、つまり妙適とは本質として清浄であり取りも直さず、そのまま菩薩の位であると言い切っている（菩薩とは仏の次の位、昔高僧などが賜った号）。
慾箭とは、男女が互いに欲し妙適の世界に入ろうとすること。
觸とは男女が互いに触れ合うこと。
愛縛とは互いに絡み合っている様。
（参考　田河久著『超おもしろ「性」事典』）

大物の研究「馬之助」と「わにの口」

釣り師が最も好きな話が大物釣りの思い出話である。

「こんなでかいのを釣った！」

「すんでのところで切られた！」

「釣り落とした！」

「逃げられた！」

よく聞いてみると、二、三〇年も前の話である。

釣り師の世界では、この種の話だけは当たり前のように許されておる。両手を広げ、手のひらを立てて大きさを示す者、両手の親指と人差し指を直角に広げて示す人、その指を半円にして両手で表現する人。とにかく釣り師の話は大きいのだ。

大きい魚には、魚種によって特別な呼び名がつけてある。

チヌ（クロダイ）の大物は「歳無《としな》し」と言う。年齢不明の大物という意味で、確か中部地方の言葉。

キスは「鉄砲」もしくは「肘叩《ひじたた》き」。釣り上げて口先を持ち上げると、キスの尾部が肘を叩くという。

カレイは「座布団」。読んで字の如し。

アブラメは「ポン級」「一升びん」。

アナゴは「ベー助」。

ウナギは「耳付き」。大ウナギには耳がついておるとか、見たことはない。

アイゴは「シブ紙」。昔和紙に渋柿《しぶがき》の渋を塗って防水強化紙を作った。うろこのないアイゴの上皮が渋紙に似ているという意味。

メバルは「五円玉」。大物メバルの目は五円玉に似ている。

ガシラ（カサゴ）は「げん骨口」。げん骨が入るほどの大口。

ハゼは「デンギ」。デンギとは（連木）すりこ木のこと。

極め付きは大ボラ、「トド」と言う。アザラシの一種。

とまあ、我ら釣りキチたちは釣魚の大物に対し、敬意と憧憬《どうけい》を込めて特別な名前を付けておる。

ところで皆の衆、お立会い、これで終わってはつまらない。例によって例の如く、左様、発展的な展開にならなければ面白くない。「大物」と言えばアノ話である。今回は川柳や小話を通じて、先達が記録したソノ大物ぶりをじっくりと考察してゆくことにする。

我が大和の国では、古来より大物所有者を「馬之助」と言い、女のそれを「鰐《わに》の口」と称した。「馬之助」が周囲から常にもて囃《はや》されその場のヒーローであるのに対し、「鰐の口」の方は社会的地位は遥かに低い。というよりも、ご法度《はっと》の裏街道を闇に紛れて渡り歩く、言わば世間の嫌われ者だ。同じ大物でありながら、その評価において両者は月とスッポンの開きがある。これを女性差別の根源と言わずにおれようか。

さて、馬之助の頭領《とうりょう》は何といっても「弓削道鏡《ゆげどうきょう》」である。彼は河内の国弓削、出身の僧で、時の女帝孝謙《こうけん》天皇の御寵愛《ごちょうあい》を受け、ソレ一本で太政大臣にまで上り詰めたのである。ものの本によると、孝謙女帝はすこぶるつきの大陰、即ち鰐の口で、誰も女帝を満足させられなかったが、道鏡はこの鰐の口を隙間なくピタリと塞《ふさ》いだから堪らない、以来道鏡は女帝の専属となったのである。

江戸川柳に

○　道鏡に根まで入れよと詔《みことのり》。

○　道鏡に崩御々々《ほうぎょほうぎょ》と詔《みことのり》。

崩御々々、は畏《かしこ》きお方の言葉で、下々では「死ぬ、死ぬ」やんごとなきお方の仰せであるから詔と言ったのである。

次は江戸小話から、

ある家へ、人夫がもっこで銭を担《かつ》ぎこんできた。女房は訳が分からず、「どうしたんです、こんなに沢山の銭を、うちの人が何か……」と聞くと、「女将さんはご存じなかったんですか、お宅の旦那が両国のマラ比べで一等になりなさって、賞金の銭五〇貫をおとりになったんです」と言って帰って行った。

女房は呆然《ぼうぜん》としていたが、しばらくすると慌てて人夫を追いかけ、呼び止めて大声で言った。

「今度どこかで、ぼぼ（開）比べがあったら、私にも声を掛けてくださいな」

これは中国のお話、
女が鼻の大きい男を見てふざけて言った。

「あんた、さぞかし大きいのでしょうね」

男もその女の口の小さいのを見て、ふざけて言い返した。

「おまえのもさぞかし小さいだろうな」

ふざけ合ってるうちに、妙な気になって一義に及んだ。

ことが済んでから、女が言った。

「アンタの鼻は、当てにならないね」

「お前の口も、当てにならんよ」

○　もう入りましたかと聞く鰐の口

この句に似た小話が中国にある。

再婚した女、初夜の床で、夫が入れても気づかず、恥ずかしそうに、

「入りましたか？」

「もう入ったよ」と夫が言うと、

「アレー、痛いー」


（参考　駒田信二著『艶笑人名事典』）


次はアメリカの小話から。

ニューヨークに来て、タクシーを拾ったパリから来た売春婦が、目的地に着いた時、タクシー代五ドルを持ち合わせていないことに気づき、いきなりスカートを捲り上げて、

「ねえ、これで取ってちょうだい」と運転手に言った。

運転手はしばらくソレを見てから言った。

「お客さん、もう少し小さいのをお持ちでないですか」

オイラが大阪におる頃、釣り仲間にトンデモナイ一物の持ち主がいた。この御仁は人前でまともに口がきけない程内気でしかも極度に痩身、顔は骸骨に薄皮を張ったような感じだった。背丈は一六五センチ位でごく普通だが、ぶら下げているお道具が並外れていた。

彼は陰で「ジャボジャボドボン」と呼ばれていた。

風呂に入る時、両足がジャボジャボと入って、最後がドボンという意味である。

ある飲み会の帰り、酔狂で彼の家へ友達三人で寄ることになった。

彼には娘が三人いた、妻は大つくりでガサツな人だった。

「うちの人、皆さんに迷惑ばかりかけているんでしょう、アンタ、座布団出して、ビールでも買ってきたら」と女房は命令ばかりしていた。

彼は言われっぱなしで、まことに影が薄かったのである。

釣友から聞いた話を二つ、

○　大阪の風呂屋で現物を見たと言う人は、

「立ち上がったら、膝小僧の下辺りまで垂れていて、楽に三〇センチはあった！」
○　船来の写真で見たというのは、
「あまり長いので、くるっと一つに結んであった！」

ところで、G・L・サイモンズ著『性の世界記録』によると、男の世界最大記録は、スーダンの黒人で、勃起時三〇センチ、直径六・五センチ。残念ながら巨マンの記録はない。若い人はご存じないかも知れぬが、「高橋お伝」のソレが、ホルマリン漬けにして保存されているという。場所は東京大学の医学部資料室と何かの本に書かれていた。

第四章

よき友とよき釣りをする

ほとばしる、潤《ほと》びるお話

釣りに行って、雷に遭遇《そうぐう》したことがある。

お盆過ぎだった。瀬戸内海・家島《いえじま》の離れ磯（本島から一〇メートルほど離れた岩場）で、チヌの紀州釣りをしていた。

この時期は二五から三〇センチ余りのチヌの数釣りが楽しめる。

「ミック」という練りエサを釣り針に付け、赤土にサナギ粉を混ぜた団子で包む。

餌取りの多いこの時期は、紀州釣りが最適な釣法だ。

午前一〇時頃だった、急に黒雲が出て来た。

にわか雨なら雨具、と思いながらも、踏ん切りがつかず、釣りを続けていた。

稲光《いなびかり》と雷がしたが、まだ遠いと思っていたら、突然、状況が激変した。

雲が低くなり、夕方のように暗くなる。

急に風が出る、慌てて雨具を出し、肩にかける、
風でうまく羽織れない、
本島に向って立ちション、
いよいよ暗く、激しい突風、
ポタッ、ポタッ、ポタッ、大粒の雨、
突然、全く突然に、
目が眩《くら》むほどの光と同時に、太い火柱が立つ。「グアガラ、ズドドーン」これはもう言葉に表せない。火柱と同時に地鳴りがし、足元が「ガガ、ガーン」と縦に揺れ、目の前が三重にも見えた。

気が付いたら自分は岩の上に仰向けにひっくり返り、顔に雨が土砂降り、目前の本島にある杉の古木が真っ二つに裂け、半分ほどが黒く焼け、まだ煙を立てている。この雨だから消えたけど、木の裂け目に先ほどまで炎が上がっていたに違いない。

雷の本当の恐怖は、光や音ではない、電気の火柱と地響きと感電死なのだ。

真っ赤に焼けた巨大な重量の火の玉とその地鳴りは想像を絶するものだった。気を失ったのは数秒間か、体の裏側は濡れていなかった。小水を垂れ流したのか、ズボンの前は開けたまま、ずぶ濡れで分からない。雨具を被《かぶ》って蹲《うずくま》り、恐怖に震えた。

雨は一〇分ほどで小降りになったがまだ暗い。

あの時目前に見えた裂けた大杉は、五〇メートルほど離れた本島の斜面に立っている。

枝が垂れ下がり、一方の裂け目はささくれ立って、にょっきりと白い木肌を晒《さら》している。

落雷の時、カーボンの竿を持っていたら、間違いなく被雷し、お陀仏だったろう。

つくづくと離れ磯にいた幸運を噛み締めた。

女房、子どもを放って釣りをしている男を急に不謹慎《ふきんしん》に思う。

言葉もなく良心の呵責《かしゃく》に震えた。

昼前には漸《よう》く明るくなり、前にも増して日差しが強くなった。

服を脱いで雨水を絞り、裸になって乾かした。

その頃にはやっと人心地ついて、生気も戻って来たが、一時は生きた心地も無かった。

心細く怖かったのである。

＊　＊　＊

雷と立ションの原稿を書いていたら、子どもの頃にした「飛ばしっこ」を思い出した。

まだ小学校に上がる前のことだった。

昭和二〇年代の初めで、田舎へ疎開《そかい》した家族が何組もおり、オイラの周りには同い年の女の子が四人もいた。同年の男はボクちゃん一人で、引っ張りだこにモテていた。

ある日、ボクちゃんは女の子たちとオシッコの飛ばしっこをすることになった。どうしてそうなったか理由は覚えていない。誰かの家の縁側から、庭に向かって飛ばしたのである。庭は幅が五メートルほどもあり、その向こう側は畑だった。立会人は一つ歳下のヨシカズ。ボクちゃんは縁側の先端に立って、ふんぞり返って発射した。

男の力を見せつけるべきと、力いっぱい「オナラ」が出るほど力んだ。男が勝つに決まっている。第一発射位置の高さが違う。オイラは小学校へ上がる前から力学的に男の優位さが分かっていたのだ。指先で方向を変えれば、雪の上に字が書けるほどの精度《せいど》もある。男子が負けるはずがない。

ボクちゃんの放水は「シャ――」というかすかな音と共に美しい放物線を描き、乾いた庭に水跡《みずあと》をつけた。

続いたのはスミちゃんだ。座り込んでオシッコスタイル、膝まで下ろしたズロースを両手で掴《つか》み、

「イクヨ」と言うが早いか、ジョーオ、

続くクニちゃんも、ほぼ同じ。

「お姉ーちゃんの勝ち――、お兄ーちゃんの負け――」。ヨシカズの嬉しそうな声が響く。

驚くことに少女二人の飛距離はボクちゃんの水跡を遥かにしのいだのだ。

雨戸の溝に飛沫《しぶき》を散らしながら、水量も、迫力も全く違う、オイラの完璧な負けだった。

日本男児と大和なでしこのソレには、白糸の滝と、ナイヤガラほどの差異がある。

上村松園《うえむらしょうえん》の美人画を観た後で、ゴッホの自画像を観るほどの相違であった。

結果は子ども心にショックだった。こんなことになるとは思ってもいなかった。

自己嫌悪《けんお》に陥《おちい》るほどのインパクトがあった。

女には計り知れない力が隠されているものだ。

オイラの女性コンプレックスは多分この時に始まったのである。

ところで、スミちゃんやクニちゃんが縁側で飛ばした時、飛沫《しぶき》がそこら中に飛び散った、あの状況を「ほとばしる」という。金田一京助の国語辞典によると、「水が勢いよく飛び散る様」と書いてある。

実は「ほとばしる」の「ほと」とは女性器を表す古語なのである。潤《ほと》びるは水を含んで（豆等が）脹《ふく》れる。ふやけること。

昭和四四年の秋のこと、地銀が募ったバス旅行で、オイラはおばちゃん専用車の世話役として乗り込んでいた。六〇代から七〇代の主婦たちは出発するなり、ビールを飲み、機関銃のように喋って大騒ぎだ。

一時間半ほど走った頃、

「トイレ休憩はまだですか？」

添乗員に聞いて、

「もう少しですから」

一〇分もすると、

「お兄～さん！　まだー」添乗員に再確認していると、

「早く止めてくださらにゃー、豆が潤《ほと》びてしまうわヨー」

「⁉……」

「こっちへ来て、何とかしてっ」

「教えてあげるから」

当時色白の朕茂青年は、若干二六歳であったから、大阪・河内のおばちゃんたちに「もみくちゃくちゃ」にされていたのである。

世之介先生に学ぶソノ極意

早春三月下旬、南東の風が吹くようになると、冬の間、山々を白く霞《かす》んだように見せていた落葉樹の梢《こずえ》が、一斉に芽を膨らませ山々を薄紫色に変える。やがて木々が芽吹くと山は黄緑色へと衣替えしてゆく。風景は白から紫になり、やがて黄緑色に変わって行くのだ。

初めのうちはゆっくりだが、芽吹き出すとあっという間の慌《あわ》ただしさだ。黄緑色の山は綿帽子のような柔らかい曲線を描き、あちこちに山桜の薄ピンク色が混ざる。

こののどかで優しい風景を釣り師は海側から眺めている。

この時期、外海《そとうみ》ではグレ釣りが終わり釣暇期《ちょうかき》に入るが、内海《うちうみ》ではチヌの乗っ込みが始まり、メバルがイカナゴを追い活気づく。

「一生を楽しみたかったら釣りを覚えなさい」という名言がある。

釣りは自然との対話であり、魚との駆け引きだから飽きることがない。

自然の中に溶け込み、考えながら、感じながら黙々と釣りをするのである。

「よき友と、よき釣りをする」は英国の諺《ことわざ》である。

心の合った（価値観の等しい）友と時折言葉を交わしながら、静かな釣りをするのは良いものだ。

「間違っても、久米《くめ》の仙人《せんにん》のような雑念を持ってはイカン、ふら付いて海に落ちる。

「釣りは男のマスターベーションみたいなものネ」スナックのママが言った。

風の強い雨の日、古い釣り日記を出して読み、釣り道具の手入れをする。

するとだんだん気が熟して、新しい釣り計画への欲求が高まる。女はこの姿を「男の自慰行為」と見るのかも知れぬ。

しかし、「自慰行為」などと言われているうちは進歩しない。独りよがりの「釣り天狗」ではイカンのである。

オイラも若いうちは「魚を釣ること」のみに熱中していた。沢山の魚を釣りたかったし、特に大きいのを釣りたかった。しかし歳と共に釣りに対する価値観が変わって来た。「魚を釣るのではなく」「単に釣りをする」ようになって来た。「釣れること」に拘《こだわ》らなくなってきたのだ。釣れなくてもいいのである。むしろ釣れ過ぎるのが一番面白くないことに気づくようになった。

原因はいろいろある。

第一は、若い人と張り合って釣る体力や精神力が衰えてきたこと。

第二は、釣りの価値観の変化なのかもしれぬ。


オイラの釣り人生は、野ブナを釣ることから始まったが、本格的な海釣りを始めたのは三〇代になってからだ。その頃は、まだ週休二日制はなく、釣りは土曜日の深夜に誘い合わせて、車で出掛けたものだ。翌日曜日の釣り時間は瞬く間に過ぎ、釣り場を離れるのが未練で、このまま二、三日滞在できないかと、何度思ったか知れぬ。

その頃は大阪にいたから、主に紀伊半島でグレを狙っていた。同時に大阪湾岸のチヌの夜釣り。筏のチヌ釣りなどもこの頃覚えた。

岡山へ来てから、メバル釣り、カサゴの穴釣り、アコウの夜釣り。

四国足摺方面に出かけ、ヒブダイ、青ブダイ、サンノジ、ヘダイ、カンランハギ、コロダイなどの磯のパワフルランナーに出会い、そのパワーに狂った。

やがて日振島《ひぶりじま》、由良半島《ゆらはんとう》、御五神島《おいつかみじま》、菰渕《こもふち》などに再びグレ狙《ねら》いの釣行をするようになった。

この様々な釣りをする中で、何人もの釣友に恵まれた。その一人がペンキ屋の中田大先生である。彼はモテモテオジサンで、皆から「世之介《よのすけ》先生」と呼ばれ、尊敬され、いや、羨《うらや》ましがられていた。

先生は今年七三歳であるが、一日置きに奥方にスカッドミサイルを発射しておる。ほかに半ば公認の彼女があり、そのピンポイント攻撃も欠かさない。

世之介先生は一六〇センチ足らずの小柄である。不平、不満、難儀《なんぎ》を口にしたことが一切ない。

いつも朗《ほが》らかで、「朕茂チャン、飯は旨いし、毎日楽しいナー」が口癖である。

「ボクは同年齢の人には会わんのよ、年金と病気の話ばかりで楽しくない」と言う。

彼の釣り歴はまだ数年である、しかし釣りの技術は瞬く間に上達し、今や名人の域に達している。彼の学習法は、これと思う先達に徹底的に聞くことだ。竿を一本買うところから師匠に相談し、高く良いものを買う。

釣法の習得はもちろん、きちんと聞いて素直に実行する。したがって余分な回り道をしないのだ。

全ての習い事は、良い師匠について、きちんと基本をマスターすることから始まるから、彼のやり方は定石《じょうせき》通りなのだ。

因みに世之介先生は、将棋がアマチュア二段、マージャンはプロ級、ゴルフはシングルだった。

ある時世之介先生に、恥を忍んで聞いてみた。

「先生、女の道はいつ覚えられました？」

「一七歳の頃やナ」

「そんな若い時、どんな男から？」

「いや、女」

「へー、女？」

「アルバイト先の……三〇過ぎの」

全くイヤンなっちゃうな、年上の女に教えてもらったンだってサ。

お父さんが一生懸命に勉強してきて、女房に仕込む、女房はそれをくまなく一
七歳の少年に教えたのだ。当時は未成年者強制なんとかの罪もなかったから、
女の道は、女に教わるのが一番いい。同感だ。

「センセイ、女の道の第一番は何でござりますか？」

「そうよナ、マメ」

「何と、いきなり豆でござりますか？」

「労をいとわず、マメってこと」

「二番目は？」

「優しさ」

「三番目は？」

「金」

「四番目は？」

「もーない、女はそんなややこしいモンと違う、単純なもんや」

コバちゃんの「必殺コブダイ返し」

オイラの釣友に「コバちゃん」がおる。

彼との出会いは、漁港の突堤にある渡船場だった。

夜明け前の薄明かりの中、堤防に渡船が接岸し釣り客が荷物を積み込んでいる。

ごった返す渡船のへりに、痩身で釣り装束《しょうぞく》の似合う若い男が立っていた。

手に三色の紙テープを握り、それを堤防に立つ清楚な女が指先に通している。

ポニーテールに白いフレアーのワンピース、立ち姿のいい女だった。

船が出港してテープがなびき、やがて海面に落ちる頃、女は大きく手を振って目頭を押さえた。

「たかが渡船の出港に、派手なことを」

そう思いながらも、自分の若かりし頃を思い出していた。

「うん、オイラにも、同じような女泣かせの時代があった」なんちゃって……。

普通は午後一時が定時の上りだが、オイラたちは時間を延長し、午後四時半まで釣りをした。迎えの船に乗ると、再び彼と一緒になり、言葉を交わした。気の合う釣り師は自ずと心が通じて仲良くなる。きっと釣りの価値観が似ていたのだろう。

渡船が港に着くと、髪を結いあげ着物姿の、別な女が花束を抱えて待っていた。自分より二〇歳も若いコバちゃんに、この時オイラは降参したのである。

これが、彼と初めて出会った日の出来事だった。

彼は元サッカー選手で運動神経がよく釣り上手だ。特に竿捌《さおさば》きのうまさが卓越《たくえつ》していた。大物を掛けた時に、糸の破断を防ぐため、魚の行く方向に竿を傾ける。そのためには磯の上をトントンと自在に移動するのだ。言うのは簡単だが、なかなかできない技である。

彼と同じ磯に上がると、彼は自分の釣りはそっちのけで、教え魔になる。

「朕茂チャン、右、右、もっともっと、竿を立てて、アカン、緩めたらアカン、ヨーシ、左、ヨシ、巻け、巻け！　そのまま、前に出て、前に出て」とまことに喧《やかま》しい。

彼が大物を釣るのを何度も見たが、竿を立て道糸を一杯に張っている、蚊《か》トンボのように磯の上を走り回り、魚が少しでも隙を見せると、一気に寄せ決して沖を向かせない、そして遂にはトンデモナイ大物を同じ仕掛けで取ってしまう。

七二センチのヒラマサ、六七センチのヒブダイのオス、八六センチのアオブダイ、七七センチのカスミアジ、一一六センチのシイラ、七九センチのコロダイ、これらはたまたまグレ釣りの外道《げどう》として掛かったものだが、それをていねいに対応して全て釣り上げてしまったのだ。

彼の仕掛けは、竿・インテッサＧⅢ　一・二五号　五・三メートル。

道糸二号。

ハリス二号。

瀬戸内海の小豆島《しょうどしま》、四国の日振島《ひぶりじま》、御五神島《おいつかみじま》、由良《ゆら》半島、足摺《あしずり》、柏島《かしわじま》などどこであろうと、仕掛けは全て同じである。

勧められて、コバちゃんの釣りクラブへ入ったところ、四月の半ばに小豆島の例会で「チヌのふかせ釣り」に行くことになった。小豆島へは過去に数回釣行しているが、全て真夏の紀州釣りである。

例会の一週間前に一人で様子見がてら小豆島へ出掛けた。チヌだからまあハリスは、一・五号もあれば大丈夫と高をくくっていた。

撒き餌をていねいに打ち、ゆったりと釣り始めたところ、三投目に早くもウキをスポーと消し込む。「来たな」と思う間もなく、竿先まで引きずり込まれた。竿を立てる間もない、ウキ下からスパーと切れてしまった。

こんなバカなことが……、慌てて仕掛けを直し再投入した。同じ辺りで、同じようにまた仕掛けを飛ばされた。

なんと言うことだ、まさにボー然自失。あり得ないことだ、全く歯が立たない。第一竿を立てる間もない、魚は真っ直ぐ沖に走る。ドラッグを逆転させると、魚は一〇メートルほど走って、底根に入るのか、ハリスが根ずれして切れてしまう。魚がこちらに向かないのだからどうにもならない。

「なんだろう?」「こんな強い魚が瀬戸内海におるはずがない?」。正体すら分からないのだ。

チヌやタイが底根に入るはずがない。イシダイなのか？　グレやイスズミなら根に入るが、こんな大物が小豆島におるのか？

いくら考えても分からなかった。

オイラはその頃、カンダイ（コブダイ）のことをまだなんにも知らなかったのである。

その日一〇発以上掛けたが、一・五号のハリスで全部バラしてしまった。

そして最後まで正体は分からずじまいだったのである。

次の週の例会に、前週と同じ磯へ、コバちゃんと一緒に上がった。

彼に先週のことは言わなかった。

撒き餌を入れ釣り始めると、二投目からズボッとウキが入る。今日は朝から二号のハリスを掛けているから思い切って竿を立てるが、魚を止められない。行った、行ったで二度続けて切られた。

「朕茂チャン、今度掛けたら竿を渡して」とコバちゃん。

直ぐに三発目が来た。「ホイ」と竿を渡す、彼はやや傾斜のある岩場を飛び跳ねながら、竿を右左にさばく。竿は満月にしなって道糸が鳴る。二回、三回と締め込みが続く、腰を屈め上体を左右に揺らす。魚が右に走り、続いて左に走る。そうしながらだんだん手前に寄って来る、こちらに向いた途端、突然アノ怪魚が水面に顔を出した。

「朕茂チャン、タマ、タマ、タマ」

タマ網に入り切れない、やっと仕留めた。重い、岩場を引きずり上げる。

魚の姿、顔を見て二度ビックリ。初めて見る、六〇センチを超えるコブダイだった。

写真で見たことがあるが、現物を見るのは初めてだ。「これか！　これだったのか!!」

彼は、それから、五〇センチから、七〇センチ近いコブダイを一〇匹以上も釣り上げた。

魚の進む方向へ竿を傾け、やがて魚をこちらに向ける。竿を左右に傾けながら、魚の機先を制している。それが大魚を釣り上げるコツである。この日見たこの技を、「必殺、コブダイ返し」と名付けたのであった。

ドグ井上の馬ウマ話

「ドグ井上」はオイラにとって大阪時代の釣りの先輩である。

おっとりとした話し方、口元、実に上品で落ち着いていた。おまけに胡麻塩《ごましお》の頭髪に胡麻塩の口髭を携《たずさ》えていた。

釣友は「先生」と呼び、彼も普通に「はい」と答えていた。

ドグ井上の釣りのレパートリーは磯の上物釣りと筏《いかだ》釣りだった。

オイラは筏釣りで何回かご一緒した。

「朕茂ちゃん、キス釣りに行きましょう」

「筏ですが、磯竿を用意してください」

要するに筏の上からチョン投げでキスを釣るのである。

少し寒くなっていたから、一一月頃か、落ちキス狙いの釣行だった。

彼はそのことをよく知っていて、漁師に確認してオイラを誘ってくれたのだ。

この時猛烈に釣れた。よく太った二〇センチ以上もある型揃《かたそろ》いのキスがポンポンと釣れた。

当たりは磯竿に「コンコーン」と鮮明に出る。釣り味もなかなかいい。

水深は七、八メートル位。


お昼前には二人とも四〇匹ほども釣っていた、これ以上釣る必要もないので止めることにした。

先生に聞くと、キスは背割りにして中骨を取り、漬《づ》けにして、寿司にするといい。すし飯でも普通の飯でも構わない。ほかに天ぷら、南蛮漬け。

そんな話を聞きながら帰途に就いた。


帰り道は上機嫌、ドグ井上の「軍馬《ぐんば》繁殖《はんしょく》種付《たねつ》け」の楽しい話を聞きながらの帰途となった。


「朕茂さん……お馬さんの種付けをご覧になったことがおありですか？」

「イエ、左様な結構なものは未だ観賞させて頂いておりません……ハイ」

「アレはなかなかの見ものです……フォフォフォ」

「………」

「メス馬を牝馬《ひんば》と称するのですがね……フオー」

「牝馬が発情いたしますと……これを所謂フケると称するのです……」

「牝馬のソレ……ほらアノ部分がふっくらと腫《は》れまして、……実に愛らしい」

「触れなば落ちんの風情ですナ……ホホホ」

「牝馬は自分でソコをピッ、ピッと開いて見せるんです」

「人間なら指で左右に開くのですが、お馬さんはアソコが自律的に開くのです」

「これを、『ライトニング』とか、まあ日本では『稲妻《いなずま》』と称します……」

「外側は黒色で、メラニン色素の沈殿です……フォフォ」

「ピッピッと開くと中のピンク色が綺麗《きれい》に見えて……実に煽情的《せんじょうてき》で……」

「その度にきつい臭いの粘液を飛ばすのもおります」

「センセイ、それはフェロモンなのですか？」。オイラが息せき切って聞くと、

「まあそうゆう種類の物質に違いありませんがネ……ホホホホホ」

「この粘液をオス馬即ち牡馬《ぼば》に嗅がせてやりますと……」

「フレーメンと称しまして、所謂、馬が笑うと言うやつですなー……牡馬がいきり立つのです」

「だからと言って、直ぐ交配はできません……分かりますか？」

「牝馬はきまぐれでして……本当に熟してないと、牡馬を蹴り飛ばします」

「そこで、牝馬の本気度を確かめるため、当て馬をします」

「大切な種馬が蹴られて怪我をせぬように、怪我をしても構わないような牡馬を、一度牝馬に当ててみるのです。当てると言っても、牝馬の後ろに立たせるだけで、本番はさせません」

「当て馬とは文字通りの当て馬で、させると見せて、させないのです。度重なると、牡馬がノイローゼになりますから、何頭かいる種牡馬に交代で役回りをさせていました」

「牝馬の気配が大丈夫と分かったら、初めて本物の種馬の登場です」

先生は自分の右腕を捲り上げ、肘を伸ばし真っ直ぐ前に突き出して、上下に揺らしながら、

「種馬はビンビンに反り返らせて、馬蹄《ばてい》を引きずりながら鼻息荒く出てきます」

「ヒヒーンブルブルブルブル」

「若い種馬は一気ですが、慣れた種馬は臭いを嗅いでフレーメンをしたり、肌馬《はだうま》の鼻先に顔を近づけてお愛想《あいそ》したりなかなかのテクニシャンです」

「牝馬に乗りかかった時に、素早くペニスをメスのソコへ当てがってやるのですが、直径一〇センチもある太いのがズボーッと入るのですが、腰を使いながら途中で休んだりして、味わいながらやる奴もいます」

「…………」

「時々ご婦人連れで見学に見える人もおるのですが、そんな時はソレを直ぐにはあてがわないのです。なかなか入らないのがいいのですよ。そうするとご婦人は腰を振るのです。何とかうまく受けてやろうとする女心です、優しいですネー、フオッフフオッフフオッ」

「アラ違う、こっちヨ、こっち、ホラホラ……アーじれったい、何とかしてあげてー」

「マア……そんな調子ですな……」

昭和猥歌考『土手のマン毛は生えたまま』

その頃、オイラたちは足摺岬の西にある「樫西」の磯に嵌《はま》っていた。狙うグレは少ないのだが、サンノジ、ヒブダイ、アオブダイ、カンランハギ、コロダイ、ヘダイなどの磯のパワフルランナーがよく当たる。

これらの魚は、磯釣りでは外道と言われているが、針掛かりしてからの引きの強さは半端じゃない。釣り師に対して最後まで荒々しく抵抗する。チョット隙を見せると、テーブルサンゴや磯の隙間に潜られ、簡単に糸を切られてしまうのだ。だから面白い、釣りの技量が試され、釣り師をその気にさせる。その面白さにすっかり魅了され、釣り人の少なさ、渡船屋の船長の人柄の良さなどに惹かれ樫西の磯に足しげく通っていた。

金曜日の夕方岡山を発ち、金曜と土曜日を泊まり、土、日の二日釣りをする。その頃泊まっていたのは、古いドライブイン跡で、一階が広い喫茶レストランと売店、２階は舞台のついた大広間と、その周りに宿泊用の小部屋が数部屋あった。夫が早死にしたとかで、既にドライブインとしての営業はしていなかったが、オイラたちは空いている小部屋に泊めてもらい、簡単な食事を作ってもらっていたのである。

その日は仕事の都合がよく、岡山を出発したのは午後三時頃だったから、宿には七時半頃には到着した。

いつもは暗い二階の大広間に電気が灯《とも》り賑やかだ。

「土地の婦人会の忘年会で、八時過ぎには終わるから」とおばさんが言う。

釣友と二人、二階の小部屋にそっと入った。

二人で用意したビールを飲んでいると、大広間はカラオケの真っ最中、女性の歌声に笑い声、嬌声と拍手が入り乱れ大盛況。

大広間の裏を通ってトイレに行ったところ、隣の女性用におばさんたちがドカドカと入る声がした。

「お前のはユルイなんて言うのよ、頭にくる」

「ソーよ男は、言いたがるのよソレ」

「子どもを二人も生ませといて、当たり前でしょう」。怒ってる。

「女をなんだと思ってるの、ホントに」

「男も年と共に大きくなったらいいのに」

「そうよ、そうヨ」

「ころも付けて、油で揚げたろか？」

「アメリカンドッグ？」

「あの位がちょうどいいかも」

「ほなケチャップも付ける！」

「キャー、ケケケケッ」

「キャッ、キャッ、」

「ガハハハ」


オイラは彼女たちがトイレから出て行くまで、天井筒抜けのトイレで息を殺してじっとしていた。

彼女たちの言い分は尤もだ。しかし、ころもを付けて揚げたり、ケチャップを付けられては堪らない。

諸君！　主婦連は怒っているぞ！　女房たちが天ぷらのころもを多めに作ったり、テーブルにケチャップを出した時は気を抜いてはならん。世の男どもは連帯して、危険情報の共有をすべき時代となったのである。


さて、話は変わる。一昔前、カラオケのない時分には、男の宴会はスケベな替え歌で騒いだものだ。

実は、オイラの釣り仲間は、カラオケ抜きの新年会を毎年やっておる。

メンバーは五、六人であるが、海辺の民宿へ泊って「夕べ姉ちゃんと寝た時にー」とやらかすのである。今時の民宿はカラオケも完備しているが、それを一切使わず、替え歌を怒鳴《どな》るのもいいものだ。最初怪訝《けげん》な顔をしていた民宿のオヤジも、しまいには一緒になって、手を叩いて歌に加わる。

仲間の中に「旦那」と呼ばれている元公務員のご仁がおる。彼の十八番は高田浩吉の「大江戸出世小唄」の替え歌で、宴もたけなわになった頃、誰かが「旦那行こう！」と声掛けすると、やがていい声で歌い出す。

「どてのマン毛は生えたまま、可愛いあの娘のおちょぼ口エンエー、しょんないな、アーしょんないナー」

二番も、三番もあるのだが、どうも同じことばかりを、ツルツルの禿げ頭を振りながら嬉しそうに歌うのだ。

ところで昨今は、ヘアーヌードとやらで、すっかり日常的になり、ソノ神秘性と有難さがすっかり失われてしまった。まあ誰でも持っているものだから、見せたっていいけれど、まれにない人もおる訳だから、こういう女性にとって、ヘアヌードの陳列《ちんれつ》は勘弁ならぬ差別であり、侮辱《ぶじょく》ではないか。

吾輩はこの際、少数派を代表してあらゆる差別の撤廃《てっぱい》を求めるものである。

実は戦後、栄養状態の悪い頃は生えない悩みが多かったようである。

頭の毛のように始終見える場所でもなく、どうしても必要なものでもなし、使用上もない方が便利……いや下賤《げせん》な話ではないゾ、ギリシャ彫刻、ミロのビーナス、あれである。芸術的見地から言っているのである。

しかし、女性にとって、あるべきものがないということは、耐えがたきことらしく偽毛を張り付ける、女性用股のアートネ●チャーがあったらしい。

戦争の終わった昭和二三年頃、無毛の永久的解決法、頭髪を陰部に移植する画期的方法が研究開発された。現東京女子医大、第一回卒業生、ドクターTは後に戦後初の総選挙で、日本最初の女性代議士の一人となった女医界の大御所である。

人間の毛髪は親子でも移植出来ないが、自分の体の中なら移すことが出来る。この性質を利用し、先ず七、八百本の毛髪を皮膚ごと切り取って、その毛根まで抉《えぐ》り取る。次に陰部の皮膚に注射針で穴を開け一本ずつ植え込んでゆく。移植された毛はしばらく成長した後一旦抜け落ちる。その後二か月ぐらい経つと、毛根から新しい毛が生えてくる。この毛はまだ頭髪の性質が強いから、陰毛特有の縮れもなく、髪の毛と同じようにどんどん伸びる。したがって最初の内は二週間に一度刈り込む必要がある。これを何度も繰り返すうち、やがて毛そのものが、自分の置かれている場所を分かるようになるのかどうかは分からぬが、独特の縮れが表れ、成長も止まる。この期間は半年から一年である。

（参考　下川耿史著『男性の見た昭和性相史　ＰＡＲＴ１』）

頭髪の断面は丸く、その他の毛、眉毛、鼻毛、腋毛、陰毛は断面が三角である。移植された頭髪が環境に馴染《なじ》んで、やがてだんだん縮れていく過程が気に入った。

頭髪が陰毛になるなら、逆もまた真なり。

禿げ頭の人は一般に体毛が濃いはずだから、頭に移植できるかもしれぬ。ナニ半年か一年も辛抱すれば、当初移植した縮れ髪がやがて直毛に変わるのだ。さすれば、昔のようにオールバックにしたり、七、三に分けたり、リーゼントにしたり思いのままである。櫛も使える、ポマードだって、そう言えば「丹●チック」もあったな。

あー昔の夢よ今いずこ！

タマタマが風呂に浮く

「ウナギ」という美味しい魚がいる。

学研の『魚類図鑑』によれば、「硬骨魚綱・ウナギ目・ウナギ科、川や湖沼の岩場や石垣の間に住む。昼間は石垣の間などに隠れているが、夜になると盛んに活動して、小魚、エビ、貝、昆虫などを食べる。冬は泥《どろ》底等に潜って活動しない」

産卵は台湾東方の深海である。生まれた子は透明で薄い木の葉のような形をしていて、レプトセファルスと呼ばれる。体長四〜六センチでウナギの形に変態しこれをシラスウナギという。シラスウナギは秋あるいは春の夜、川へ上る。七〜一二年間、川などで成長し、秋になると産卵のため海に下る。

釣り随筆の名著・森下雨村の『猿猴 川に死す』にウナギ釣りの話が随所に出て来る。

また伊藤桂一の『釣りの歳時記』にもウナギ釣りの話は多い。

実は昭和二〇年代までは関東以南の川や湖沼にウナギは大量にいた（戦後ホリドールなどの農薬を使うようになって急激に減少したのである）。

先に挙げた釣り随筆にも夏の間ウナギが水田の中で過ごすと書かれている。水田の中は水温が高くエサが豊富である。ちょうど養殖池のような環境である。そして秋口に、水田の水を落とす頃、ウナギは本能的にそれを察知して、その数日前に田んぼから脱出する。

そこでウナギ取りは、水の落とし口に網を仕掛ける。すると面白いほど簡単に沢山のウナギが取れるというのである。


オイラも労少なくウナギを取ったことがある。

夏休みに親戚の家へ泊りに行くと、家の前に川幅二〇メートルほどの高梁川の支流、東城川があった。アユも多く、当時上流にダムがなかったから、透き通るような水が豊富に流れていた。

この川で「夜ぼり」という遊びをした。

夜の九時過ぎから、防水した懐中電灯片手に、一方の手にはウナギ挟みを持ちゴーグルを付けて水に入る。主に深い淵の下手に潜ると、ウナギやアユがふらふらと泳いでいた。

彼らは半分寝ているらしく、泳ぎながら魚の真上から挟みで簡単に捕まえることができた。

挟みの両側には交互に一センチほどの金釘が並べられ、その釘が収まるように両側に穴が開いていた。この釘挟みで挟まれるとアユもウナギも絶対に逃げられない仕組みなのだ。

川のほとりの砂浜で焚火《たきび》をし、体を温めながら何度も潜った。

最後には真裸になって、海水パンツを洗い、焚火で身体を乾かしてから着替えたのである。

話は変わる。

前にも触れたが、大阪時代の釣りの先輩に「ドグ井上」がおる。

彼は自分のことをあまり語らない人だったから詳しくは分からないが、戦前、軍馬の繁殖施設にいたらしい。

そこで獣医をしていたが、今は大学農学部の試験場にいる。

オイラが三〇代の頃、彼はもう六〇近かった。

名前の前にドグと肩書が付くのは、彼が医学的なことに知識が豊富だから。

水虫の治療から、婦人科のことまでなんでも知っていた。

そこでドグ・ホリデイに因んで「ドグ井上」となったのである。

何よりも物腰、いで立ち、口元、話しぶり、全てに上品で落ち着きがあった。

しかも彼の話はどこかとぼけていて、面白いのである。


そのドグ井上と日本海に釣行した帰り、ヘルスセンターで風呂に入った時のことだ。

「僕のキンタマは水に浮くんです」と言う。

訳が分からず聞き返すと。

副睾丸炎《ふくこうがんえん》を患った時、片方の玉を摘出したのだそうで、手術後ぺちゃんこでは寂しかろうと、医者が小振りのピンポン玉のようなものを入れたと言う。

すると、風呂に入った時、中の空気の浮力で浮くため、もう一方が上の方に引っ張られる、すると真ん中のチンコまで座りが不安定になるため、風呂に入った時は「いつもこうして上から押さえているんです」と言うのである。風呂から出た後、温もって伸び切ったキンタマを、テーブルの上にポンと落としてみたところ「少しだけ跳ねた」と笑いながらおっしゃった。

「キンタマでピンポンができるのは僕位ですよ」

と澄まし顔で話されたのである。

ああ害獣電気柵に感電

グレ釣りに誘われた。

一〇月の初めで、まだグレ釣りシーズンには少し早過ぎるが、「今なら、尾長《おなが》が出るかも」と皆張り切っている。

メンバーは、クラブの吉野、戸田に四〇半ばのタダちゃんにオイラを含む合計四人だ。

瀬戸大橋を渡る頃から、車中の二人が缶ビールを飲み始めた。

オイラも勧められたが、運転の交代を考えて飲まなかった。

若いタダちゃんはなかなかの伊達男、しかも養子で、恐妻家と聞いている。

その女房から解き放たれて、これ幸いと飲んでいるのだ。

宇和島を過ぎる頃には、アルコールが回った様子。

宿毛《すくも》に着いた頃にはオクビが出るほどでき上がっていた。

車中の皆が彼を肴《さかな》にしている。

「モテてるらしいな」

「奥さんがやきもち焼くんだって？」

最初はいい加減に答えていたタダちゃんも、だんだん自慢とも、のろけとも思えないことを喋りだす。

「チョット遅くなると、すぐ電話が掛かる」

「財布から、下着まで調べられて」終いには、

「金曜日は二回発射するまで許してもらえない」とまで言い出した。

大月町へ入った頃、小便しないと破裂《はれつ》するという。

もう仮眠所へ近いけど、仕方なく畑沿いの県道脇に車を止めた。時刻はもう午後一〇時半を過ぎていた。三人が下車した。

少し遅れて、運転していたオイラも出ると、

「ワッツ」という叫び声、人が車にぶつかる音がして、誰かが倒れた。

「どうした」

「オイッ、タダちゃん」

タダちゃんが車の横に倒れ、震えている。周囲は真っ暗だが、車のヘッドライトの反射光と、赤いブレーキランプの余光でタダちゃんが見える。

彼を引き起こすと、股ぐらを押さえている。

ようやく、少し落ち着いて、

「どうしたの、タダちゃん」

「……………」

「飲み過ぎたんか?」

「小便しとったら、電気が来た〜……」

心配なのか、車の陰に行って、のぞき込んでいる。

タダちゃんが小用に立っていた場所から見ると、一・五メートルほど下に害《がい》獣《じゅう》電《でん》気《き》柵《さく》が見える。これにダイレクトに小便が掛かって、感電したのか?

まさか! 害獣電気柵に立ち小便で感電するか?

懐中電灯で照らしてみると、畑の周りに張り巡らされた黒い棒に二本の線が張られ、棒の繋ぎにはオレンジ色の碍《がい》子《し》が見える。

イノシシや鹿、猿などのほか、人間の立ち小便まで撃退する電気柵か？

他の二人は足元の枯れ草にしたらしく被害はなかったが、タダちゃんは一番若かったため勢いよくあそこまで飛ばしたらしい。


渡船屋の仮眠所に着いたのは深夜一一時を過ぎていた。

シーズンが早いせいか他に誰も来ていない。

「大丈夫か」タダちゃんに聞くと、

「小便するとしみる」と言う。

彼を気遣いながら、寝床に入った。


夜中にゴソゴソするので目を覚ますと、タダちゃんだ。神妙な顔で痛いという。

部屋の外に連れ出し、見てやると、チンコの先が赤く腫れ、可哀そうに小便の出口が「たらこ唇」のようになっている。

オロナ●ンをカバンから出して付けさせた。

ほかにはばんそうこうしかないというと、チンコの頭にそれを縦に張った。

まるで小坊主の頬被りみたいになった。

クーラーボックスから氷を砕いてきて、タオルに包み冷やしてやる。

「ビールを飲まなきゃよかったー」と半泣き顔だ。

「朕茂さん大丈夫でしょうか?」

「大丈夫に決まってる、すぐ直るから安心しろ」と勇気づける。


タダちゃんは翌日釣りに出ず、一人宿毛市の病院に行った。

帰りはビールを飲むこともなく、おとなしくしていたが、以来、彼のあだ名は「カ●ピス」とスマートな呼び名になった。

たらこ唇のようなチンコの先が、カ●ピスの口元に似ていたからである。


カ●ピスちゃんは相変わらず、奥さんに追いかけられながら、時折釣りに顔を出している。

釣友なくせば釣りの楽しみもなし（NO FRIEND NO FISHING）

生れも、学校も、仕事も違うけれど、釣りで付き合ううちに親友になる。釣り仲間は互いに愛称をつける。これがまた楽しい。

○　ヒューストン
このお方は、人品骨柄《じんぴんこつがら》申し分なく、穏やかで、優しく、人格者である。御尊顔は、物思いにふけるカンガルー、上品な宮様顔なのである。近くの港にプレジャーボートを繋《つな》いでいて、よく釣りに同行した。氏はメバル釣りが好きで、夕方から船で出かけると、夜釣りと朝まづめの釣りをする。夜中に船中で仮眠をし、再び夜明けの二時間を釣るのだが、その前に必ず朝のお勤めがある。

「朕茂チャンちょっと失礼します」。初めての時は分からず、

「エッ、何か手伝いましょうか？」

「生理的現象です、直ぐ済みますから……」

ガチャガチャとバンドを緩める音、ほんの数十秒後！

「朕茂チャン、舟を少し移動させます」

「エーッ！　モー済んだんですか？」

「こちらヒューストン、僕、早いんです」

○　ベートーヴェン

大阪時代からの釣友である。

ほりの深い顔に長髪、いつも苦虫を咬んで、低音で喋る。

仕事は内装屋だが、面相、風貌はベートーヴェンとして遜色《そんしょく》のないものだった。

澄ましている時はいいのだが、笑うと大幅に崩れる、搗《つ》きたての餅《もち》を、石垣にぶつけたような顔になるのだ。

彼が釣りクラブの新年会で、断り切れずに歌ったところ、のけ反るほどの音痴だった。

超低音が響いて、カラオケの機械が壊れるのではないかと心配するほど音階を外していた。しかし万雷の拍手喝采、以来「ベートーヴェン」として、クラブ内で不動の地位を獲得したのである。

○　大丈夫おじさん

釣り計画を立てる時、誰かが天候を心配すると、「大丈夫。大丈夫」と力強く答える。

彼はどんな時でも「大丈夫」と言って皆を勇気づけた。

釣りに行きたい一心の釣りキチ達は、若いがめっぽう釣りが上手く面倒見のいいリーダーの「大丈夫」にいつも救われた。

そんな訳で、当時まだ四〇代だった彼を、皆は「大丈夫おじさん」と呼んでいた。

○　白《しら》さん

オイラより一〇歳も若いのに、四〇代の頃から白髪で禿げていた。

「子どもの時から禿げてたの？」とふざけて聞いたところ、怒って写真を見せてくれた。

何と！　真っ黒でロン毛！

彼が京都の私大に通っていた頃の写真である。

痩身で背が高く、ジーパンを穿いて長髪をなびかせている。ハンサムなのだ。

ポール・マッ●ートニーとは言わないが、西郷●彦が七味唐辛子を鼻に吸い込んでクシャミを我慢している、そんな顔をしていた。

〇　鈴ママ
女流釣師である。ぷりぷりの三〇代のころから釣り場に咲く一輪の花であった。
あれから四〇年!!　釣友達はハゲ頭に腰痛、入れ歯となるも、彼女だけは今もなお荒磯のマドンナである。

〇　ジャボジャボ・ドボン
「大物の研究」の項で紹介した。名は体を表すというが、これほど見事な一発表現は他にない。

○　カ●ピス
「ああ害獣電気柵に感電」で紹介。

○　ドグ井上
度々紹介した。胡麻塩の口髭、上品なお顔立ち、酒は一切口にしないのに、いつも酔っぱらっているような御方である。

○　大魔神
由良半島の沖に、「沖釣」と呼ばれる釣り師憧れの名磯《めいしょう》がある。釣り座は四番まであって、その一番にすっくと立つのが大魔神である。釣り座の前は怒涛のように潮が流れ、とても魅力的な釣り座だが、目の前に大きな底根が広がっている。魚を掛けて取り込む時に決定的に邪魔になる。糸が底根の岩に当たって破断する。大魔神はこれを難なくかわす。彼は定年を半年早め、四国八八か所全行程を、四三日間歩いて踏破、しかる後に由良半島の渡船屋に三カ月間籠り開眼した。

○　八金

高知出身の女流釣り師、釣りのレベルは上級クラス、八金とは男勝りの女を指す土佐弁で、快活で気立てがよく男を立てる女性のことだ。一方四人の男を同時に手玉に取るやりて女の意味もある。男四人×二金（玉）＝八金（玉）

渡船場で彼女に会った時、一人の男を掴まえて「これが今の旦那よ！」。もう一方の手で指差し「あれが前の旦那よ」と紹介され、とても分かりやすかった。

○　お住《じゅう》っつあん

山陽地方では「お寺の住職」を敬愛を込めて「お住《じゅう》っつあん」と呼ぶ。

我が釣友「浄海和尚」は、本職の僧都で住職である。

和尚の名誉のため説明すると、確かに仏教では全ての生き物の殺生を禁じているが、それは「無駄な殺生の禁止」のことである。

人間は穀物を始め野菜、果物、魚、鳥その他諸々、あらゆる生き物を糧として生き、生かされている。無駄に殺生するのではなく、有効に活用するのであればそれは許されるのだ。

一方世界の名だたる宗教において、殺生に対する考えが異なっている。例えばユダヤ教、キリスト教、イスラム教などを生み出した旧約聖書・創世記のⅠ章1節に、「神は彼らを祝福し『産めよ、増えよ、地に満ちて地を従わせよ。海の魚、空の鳥、地上に這う生き物を全て支配せよ』『生きて動いているものはみな、あなた方の食べ物である』と言った」とある。

仏教では、全ての生き物は同根であるという立場で、人間として生を受けている我々も、輪廻《りんね》している生命の歴史の中では、どんな生き物に生を受けているか分からないと説かれているのだ。

浄海和尚は、釣った魚をていねいに持ち帰る。園長をしている障害児専門の幼稚園で職員に配布しているのだ。

見たこともない変わった魚を釣ると、

「これ食べられますか？」と金平糖が溶けかかったような実に柔和で穏やかなお顔でお聞きになる。

「ハイ、先生だいじょうぶでございます」

オイラはいつも緊張してお答えするのだ。

釣りにかかる残念な諸問題

「物書きや絵描き」には結構な数の釣り好きがいて、彼らは沢山「釣り随筆」を残している。オイラが読んだものは以下であるが、その多くが渓流釣り（川釣り）で、海釣りを題材にしたものは意外に少ない。

『私の釣魚大全』　開高健
『川釣り』　井伏鱒二
『猿猴　川に死す』　森下雨村
『魚眼漫遊大雑記』　野田知佑
『つれ釣れなるままに』　高橋治
『魚と伝説』　末広恭雄
『釣りの科学』　森秀人
『Q&A食べる魚の全疑問』　高橋素子
『オーパ！』　開高健
『イスタンブールでなまず釣り。』　椎名誠
『釣りの歳時記』　伊藤桂一編
『釣りにつられて』　夢枕獏編
『巨魚に会う』　永田一脩
『魚の国案内』　末廣恭雄
『魚の雑学』　知的生活追跡班編

釣りに関わる本はまだ一杯あるが読んでいない。

海釣り作家・高橋治は『つれ釣れなるままに』の中で海の環境や魚類資源の枯渇などを予測し、その将来を真剣に案じている。

特に磯釣り師に向けた意見は辛らつで、釣りのマナーを始め磯釣りの必須アイテムである寄せ餌を指して、蛇蝎の如くこれを嫌う。

釣りに対する氏の信条を、本の解説を書いた俳優の山本圭が以下の通りまとめている。

高橋治「釣り人へ送る十ヶ条」（ ）内はオイラの注釈。

一、釣れないものと思って釣り場へ出よ。

（釣れなくてもいい、釣りの時間を楽しむ心の寛容）

二、他の人へ迷惑をかけるな。

（釣り師のマナー）

三、新しい道具は自殺の道につながると思え。

（釣りは「生き物を殺す」遊びだから、新しい釣り具の開発が「釣り過ぎ」

に繋がり、魚類資源の枯渇を招き、釣り師が自分の首を絞めることになるという意味）

四、磯釣りをやるなら自分の釣り座を責任もって清掃せよ。（当然のことである。特に夜釣り、例えば男女群島の磯の汚れ等々）

五、如何なる種類のコマセも使うな。（コマセが海を汚し、魚の生態系を狂わせると指摘しているが、一方でそれが魚を育てているのも事実である。またコマセのない磯釣りは考えられぬ。要は一日に使えるコマセの種類と量を規制することだ）

六、海に物を捨てるな。

七、匹数制限、入場料制度を設けよ。（ＢＯＸ一杯釣ったとか、サビキで鈴なりで釣る行為を指す。それは釣りではなく猟である）

八、食えない魚は釣るな、食べきれない魚は釣るな。（磯の上にサンノジ（ニザダイ）やイスズミ、ボラなどを釣り棄てること。魚をババタレ、ババ、ババンチなどと呼ぶこと。釣り競争が間違いの始ま

り）

九、自然の怖さを知れ。

（生態系が壊れるとなかなか元へ戻らない）

十、よけいに釣ったら恥と思え。

（釣り過ぎは恥ずべきこと）

全ての釣り師にとって耳の痛いことが書かれていて、反論の余地はない。入場料制度について、この際、釣り資格をライセンス化したらどうだろう。講習を受け、資格を取得。年々更新、ライセンス料を払う。それが漁港に新たな雇用を生むかもしれない。

冠釣り選手権（釣り具メーカー等の名前を付けた釣り大会）、これを全面的に禁止にすべきだ。大会と称し釣り場を貸し切り独占。練習で寄せ餌を多量にまき散らす。小さな魚まで釣り荒らす。釣り具や集魚剤メーカーのテスターやトーナメンターたちは明らかに寄せ餌を使い過ぎる。しかもファンたちにそうするように指導、宣伝し、釣り雑誌はソレを釣り技術として報道する。釣りは詰まるところ、生き物を「殺す」ことである。如何なる言い訳しようとも選手権大会などしてはならぬ。競争で釣って、後で料理して食べるテレビ番組があるが、これも同類ではないか。競争で釣ることは、大食い競争と同じ低俗趣味ではないか。ほかサイズ制限、匹数制限、夜釣りの禁止等々。

一方で個々の漁業者に対し、漁業入会権《いりあいけん》に課税し無制限な底引き網漁やかご網漁、刺し網漁を禁止し、資源保護に務めなければならぬ。詳しいことは省くが漁業規制は必須の事案である。

ここで米国事情の一面を書いてみよう。

もう三〇年も前の話だが、友人がニューヨークへ釣行した。

彼の息子が某企業のニューヨーク支店に赴任していて、釣り好きの親爺を呼んでくれたのだ。ハドソン川の川口から船で二、三百メートルほど出たところで釣りをした。二時間でヒラメが七匹釣れた。すると海上警察らしきランチが横付け、魚を検寸、三五センチ以下が二匹いたので、没収、罰金の赤紙を切られた。
釣友の談「罰金の金額は分からぬが、ニューヨークのあんなところで、二時間でヒラメが七匹だよ！　しかも海上警察の早いこと、厳しいこと！」

次は四〇年以上前のオイラの経験から。

グアム旅行に一六本継ぎの携帯磯竿を持参した。サンゴ礁の切れ目が川のようになって岸まで続く場所があった。満潮時、現地の人がそこでルアーを投げている。オイラは、生エビとソーセージを買い、ほぐして撒き餌にし、切れ端を針に刺して、浮き釣りをした。三〇センチ余りのチョウチョウ魚のような魚が次々に釣れて、たちまち見物人に囲まれた。

これに味をしめ、二年後のハワイ旅行の時、同じことを試みた。但しそこら中が釣り禁止区域、タクシーをチャーターして釣りのできる場所を頼んだ。いろいろ探して、海水浴場からかなり離れた場所で竿を出した。五、六回竿を振った頃、腕に腕章を付けたアルバイト学生と思しき監視員が三人も来た。

ケシカランことに、餌としてスーパーで買った冷凍エビと冷凍イカを釣りの獲物として証拠認定、一六本継ぎの磯竿は違法漁具として没収された。

「タクシーに案内された旅行者である」

「貴国の二〇〇カイリ漁業権水域を侵害する意図は毛頭ない」

「日本とハワイの海とは通じており、魚たちも親しく往来している」

「よって帰国したら日本沿岸から釣り糸を流し、ハワイの海を釣ってやるぞ」と口角泡を飛ばして猛烈に抗議、ペラペラペラペラとまくし立てたのである。

無論、卑屈な態度で英語など使わぬ、堂々の大阪弁である。

監視員たちが教養のない若輩者であったから、残念ながら通じなかっただけだ。


ここで言いたいのは、米国の生き物に対する環境行政が筋金入りであることだ。それも四〇年も前に既に確立していた。

我が国の釣り人口は二千万人とも三千万人ともいわれている。日本の釣り技術、釣り具は当然世界トップレベルの水準であろう。されば世界に誇る日本の釣文化が永続するように、国と釣り人、漁業者が一体となって法的整備を急がねばならぬ。

漁業入会権《いりあいけん》は無限ではなく、国民の釣魚権も無制限ではない。最早避けては通れぬし、先送りすることもできぬ事案である。国が主導して一日も早く漁業資源の保護と、釣りライセンスにかかる法的整備をする時と思うが如何であろう。

著者紹介

朕茂短竿（ちんも たんかん）

1942年広島県生まれ、幼少より野鮒釣り、ウナギ釣り、鮎友釣り、ワカサギ釣り、渓流釣り、ハゼ釣り、カサゴの穴釣り、チヌ夜釣り、筏釣り、紀州釣り、船の掛り釣り、メバル釣り、アオリイカのヤエン釣り、北海道の鮭釣り、磯の底物釣り、磯のグレ等様々な釣りをする。竿友会中国支部、月刊釣りキチに「釣行色話」を連載、市立高崎経済大卒、金融機関勤務、脱サラ自営、会社役員。

お色気釣随筆《いろけつりずいひつ》 色《いろ》は匂《にお》えど釣《つ》りぬるを

2020年9月1日　第1刷発行

著　者　朕茂短竿
発行人　久保田貴幸

発行元　株式会社 幻冬舎メディアコンサルティング
〒151-0051　東京都渋谷区千駄ヶ谷4-9-7
電話　03-5411-6440（編集）

発売元　株式会社 幻冬舎
〒151-0051　東京都渋谷区千駄ヶ谷4-9-7
電話　03-5411-6222（営業）

印刷・製本　シナジーコミュニケーションズ株式会社
装　丁　吉賀健

検印廃止

Printed in Japan
ISBN 978-4-344-92956-2 C0095
幻冬舎メディアコンサルティングHP
http://www.gentosha-mc.com/